心一堂 金庸學研究叢書 潘國森系列 金庸詩詞學

總論金庸（增訂版）

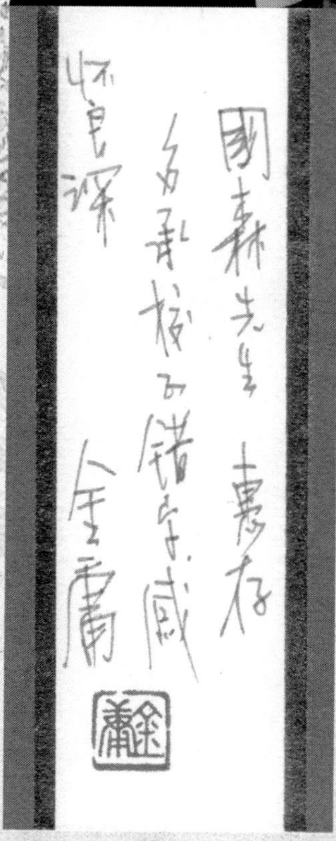

潘國森著

Sunyata

書名：總論金庸（增訂版）
系列：心一堂　金庸學研究叢書　潘國森系列　金庸詩詞學
作者：潘國森
責任編輯：心一堂金庸學研究叢書編輯室
封面設計：陳劍聰

出版：心一堂有限公司
通訊地址：香港九龍旺角彌敦道610號荷李活商業中心十八樓05-06室
深港讀者服務中心：中國深圳市羅湖區立新路六號羅湖商業大厦負一層008室
電話號碼：(852) 90277120
網址：publish.sunyata.cc
電郵：sunyatabook@gmail.com
網店：http：//book.sunyata.cc
淘宝店地址：https：//shop210782774.taobao.com
微店地址：https：//weidian.com/s/1212826297
臉書：https：//www.facebook.com/sunyatabook
讀者論壇：http：//bbs.sunyata.cc

版次：二零二零年二月初版

平裝

定價：港幣　一百三十八元正
　　　新台幣　五百九十八元正

國際書號　978-988-8583-07-2

香港發行：香港聯合書刊物流有限公司
香港新界大埔汀麗路36號中華商務印刷大廈3樓
電話號碼：(852)2150-2100　傳真號碼：(852)2407-3062
電郵：info@suplogistics.com.hk

台灣發行：秀威資訊科技股份有限公司
地址：台灣台北市內湖區瑞光路七十六巷六十五號一樓
電話號碼：+886-2-2796-3638　傳真號碼：+886-2-2796-1377
網絡書店：www.bodbooks.com.tw
台灣秀威讀者服務中心：
地址：台灣台北市中山區松江路二〇九號1樓
電話號碼：+886-2-2518-0207
傳真號碼：+886-2-2518-0778
網址：www.govbooks.com.tw

中國大陸發行 零售：深圳心一堂文化傳播有限公司
地址：深圳市羅湖區立新路六號羅湖商業大厦負一層008室
電話號碼：(86)0755-82224934

心一堂微店二維碼

心一堂淘寶店二維碼

目錄

心一堂　金庸學研究叢書　潘國森系列

2

為二十世紀中國最偉大小說家金庸搖旗吶喊喝道鳴鑼

海寧查良鏞先生，以金庸筆名發表一系列武俠小說。金庸武俠小說自六十多年前出世即超越前賢，一直獨領風騷。已故文學批評家陳世驤教授稱譽為：「今世猶只見此一人而已！」金庸的好友著名小說家倪匡先生則有「古往今來、空前絕後」之評，此說多被批為「不科學」，因為「空前」可證，「絕後」難斷。金庸於二〇一八年離世，有論者以若干年「一出」或「不出」褒揚，或百年、三百年、五百年，不一而足，與「空前絕後」說神似。

筆者成年以後讀書學習，皆以中國傳統文化為主。少年時則學理學工，略知數理邏輯，深知此等「百年不一出」、「數百年一出」之論，不免有信口開河之弊。

淺見以為「金庸是二十世紀中國最偉大的小說家」之論斷，四平八穩、無可非議。故此可以「搶先登記」，評由潘出，與陳說「只見此一人」可共相印證。

這樣沒有說金庸是最偉大的文學家、作家，只說是最偉大的小說家，還將時效局限在已為歷史的二十世紀，這樣就十分保險妥當了。

當代科學哲學家波普爾（Karl Popper，一九〇二至一九九四）提出「可以否證」

（falsifiability）的學說，認為一個「命題」能夠被某種證據「否證」，這個「命題」才是「科學」（scientific）的論述。在此可以補充一下，不能「否證」的「命題」不一定假，只不過是「非科學」（non-scientific）而已。所以，倪先生說的「金庸小說古往今來空前絕後」，這話不能算是「不科學」（not scientific），而是「非科學」，即是「與科學不沾邊」而已。

我說「金庸是二十世紀中國最偉大的小說家」，就不怕懂得「科學哲學」的高明君子，跳出來笑說潘某人「不科學」了。如果有人認為金庸的武俠小說不是第一，大可以拿還珠樓主或梁羽生（或其他作家）的作品，來證明有人武俠小說寫得好過金庸。換言之，只要九州宇有那一位看官能夠請出另一位二十世紀的中國小說家，小說寫得比金庸更偉大，就可以「否證」我這個說法。至於有位讀者說「金庸是N百年一出的作家」，則大家都沒有辦法「否證」此說，於是此說就是「非科學」了。

查先生以逾九高齡辭世，按中國人傳統的習俗，既然福壽全歸，該是「笑喪」，不應傷感。不過，這樣一位偉大的小說家終於走到人生的盡頭，總不免標誌著一個時代的終結。我們這些因讀其書而獲益良多的讀者，理所當然有責任表揚他在中國文學史上的地位，還應該用自己最好的心得，品評金庸武俠小說，讓當代年輕小朋友、以至後代中國讀書人不可錯過這些劃時代的小說傑作。

作家金庸在生之日，不只一次謙遜地明言，大家研究他的小說，最好不要稱為「金學」，說是「金庸小說研究」就是。這樣的陳述十分平實，不過文學研究向來有內部研究和外部研究之別。內部研究只針對作品本身；外部研究則可以旁及作品產生的背景，包括作者本人的經歷、學習、交遊，以至時空環境。

為此，心一堂將自家出版刊行所有與金庸武俠小說相關的專著論述，收入「金庸學研究叢書」，「金庸學」的研究範圍，除了金庸賴以名垂中國文學史的小說之外，還可以包括這位偉大作家畢生發表過的所有文字，與及他的一生經歷。

查先生離世一載，「金庸學研究」這個「現當代中國文學」入面的重要分枝已經產生了大量新的著述。心一堂已刊行和將要出版的單行本書籍，當在三四十種以上。如果還有海內外的讀者、研究人員有話要說，又願意與心一堂合作出版的話，我們這個「金庸學研究叢書」還會繼續壯大起來。

此下略作小結。

王怡仁大夫是金庸版本研究的大宗師，作品如下：

《金庸武俠史記〈射鵰編〉三版變遷全紀錄》
《金庸武俠史記〈神鵰編〉三版變遷全紀錄》
《金庸武俠史記〈倚天編〉三版變遷全紀錄》
《金庸武俠史記〈天龍編〉三版變遷全紀錄》
《金庸武俠史記〈笑傲編〉三版變遷全紀錄》
《金庸武俠史記〈鹿鼎編〉三版變遷全紀錄》
《金庸群俠身心靈診療室——蝴蝶谷半仙給俠士俠女的七十七張身心靈處方箋》

當中〈神鵰編〉和〈天龍編〉將在二〇二〇年初刊行面世。此中〈射鵰編〉和〈神鵰編〉分別是二〇一四年，心一堂作為九十歲生日賀禮獻給金庸先生的《彩筆金庸改射鵰》和《金庸妙手改神鵰》兩書的全新增訂版。

王大夫懸壺濟世、業餘寫作計劃龐大，我們費盡唇舌，才請得動王大夫整理好「金庸小說六大部」的「版本回較」，他說甚麼也不肯完成其餘各中短編金庸小說的同類比較。

好在「德不孤，必有鄰」，我們有辛先軍先生接力。

辛先軍作品共兩種：

《金庸武俠史記〈書劍編〉〈碧血編〉——探尋金庸的修訂心路》

《金庸武俠史記〈白・雪・飛・鴛・越・俠・連〉編——探尋金庸的修訂心路》

王前辛後，心一堂「金庸武俠史記」全八種，為讀者全面比較了十五部金庸武俠小說增刪改寫的前後面貌。

「白雪飛鴛越俠連」的次序，是用《白馬嘯西風》、《雪山飛狐》、《飛狐外傳》、《鴛鴦刀》、《越女劍》、《俠客行》、《連城訣》七部作品的第一字組合。這樣安排，純粹是為了讓這七字組成的七言句，合乎今體詩的格律要求，讓大家唸來順口。這樣就不怕日後被各方詩人詞客笑話心一堂上上下下不通詩律了。

還有歐懷琳詩人未完的任務：

《金庸商管學——武俠商道（一）基礎篇》（二〇一四年《武學商道》增訂版）

《金庸商管學——武俠商道（二）成道篇》

歐詩人「金庸商管學」每一章都先來一詩七言律詩，所以我們要預防給他「抓小辮子」，在編輯辛先軍先生的作品設定書名時，就建構好適當的防禦工事。歐詩人是個顧家的好男兒，為了家小，他的「武俠商道（三）入魔篇」老是未肯交卷。心一堂編輯部雖是發了「全球通緝令」多時，仍未能取得亦儒亦商歐詩人那「入魔篇」的最後定稿，所以「武俠商道（三）」何時能夠面世，就成為本「總編輯」年年月月擔憂被心一堂最高領導追究責任的無形負擔。讀者諸君如果知道歐詩人的下落，敬請：（一）代為懇求詩人交卷；（二）賜告歐詩人仙居何方，以便緝捕歸案！

金庸武俠小說，毫無疑問是歷來引入佛法佛說最多的同類作品。我們有鄺萬禾醫生的力作：

《金庸小說中的佛理》

是書短小精幹，卻是我們所見截至今天為止，以佛學佛理為讀者導讀最佳妙的「金庸學研究」作品。

「金庸雅集」則是集體創作，現已刊行兩種：

《金庸雅集──武學篇》

《金庸雅集——愛情篇影視篇》

前者是寒柏、愚夫共著；後者是寒柏、鄺萬禾、潘國森、許德成合集。

二〇一九年也是潘國森的大豐收年。共刊六種，為五新一舊，與王怡仁大夫五新兩舊差不多。共計：

《金庸與我——雙向亦師亦友全紀錄》

《金庸命格淺析——斗數子平合參初探》

《金庸詩詞學之一：雙劍聯回目　附各中短篇詩詞巡禮》

《金庸詩詞學之二：倚天屠龍詩　附射鵰三部曲詩詞巡禮》

《金庸詩詞學之三：天龍八部詞　附天龍笑傲詩詞巡禮》

《金庸詩詞學之四：鹿鼎回目　附一門七進士叔姪五翰林》

當中《金庸詩詞學之四》是二〇一四年《鹿鼎回目》的增訂版。「小查詩人」查良鏞原來是查昇的後人！我們少不更事的小讀者無可避免會先入為主以為他是查慎行的後人。

在二十世紀末，潘國森原本計劃了「解析系列」，後來以因緣未盡和合，沒有好好完成，對讀者有「寒盟悔約」之嫌。現在取巧一些，《金庸詩詞學之二》算是《解析倚天屠龍記》的替代品；《金庸詩詞學之三》則算是《解析天龍八部》的替代品；《鹿鼎回目》則是《解析鹿鼎記》的替代品。

剩下來還有《解析神鵰俠侶》，這書構思多時，或可在二〇二〇年之內完成，這樣就可以為我研究金庸武俠小說這個人生最龐大的讀書計劃寫上句號。

不過，心一堂領導還是決定要本「小編」先將舊作《話說金庸》、《總論金庸》、《武論金庸》和《雜論金庸》增訂重刊。然後才是原先未完的「解析系列」。

上述都是屬於「金庸學研究叢書」入面，文學作品的內部研究。二〇二〇年，心一堂還要刊行蔣連根先生的「外部研究」成果。

海內外金庸小說讀者長年累月不斷一而再、再而三重讀這些武俠小說頂峰之作，大家都把作者查良鏞先生當為最好的中國文史老師，對「查老師」的學習經歷、奮鬥過程和交遊必定有興趣。

蔣連根先生是查先生的同鄉小友，也是同行的一位資深記者，我們會陸續刊行蔣先生介紹查良鏞先生一生接觸過為數上百的尊長師友和讀者論者的交誼始末。主要是蔣先生兩部暢銷作品《金庸自個兒的江湖》和《金庸和他的家人們》的「足本」全新增訂版。

讀者諸君願意花時間讀拙文至此，諒來都深愛「金庸武俠小說」。潘國森在此誠邀大家一起：

為「二十世紀中國最偉大的小說家金庸」搖旗吶喊、喝道鳴鑼

以永誌我們有幸有緣，與海寧查良鏞先生活在同時同地，還有過或長或短、或深或淺的交集。

潘國森

二〇一九年歲在己亥仲冬之月

於香港心一堂

《總論金庸》增訂版序

《總論金庸》刊行於一九九四年，上距《話說金庸》面世長達八年之久。這回「重出江湖」，主要是看見「金學研究」的「熱潮」不但未見冷卻，反而逐步升溫。早年陳世驤教授連正式寫點文章評論金庸小說，拿到《明報月刊》發表也有點「憂讒畏譏」。他致函金庸時寫道：「說到寫文章，如上所述，登在明報月刊上，雖言出於誠，終怕顯得「阿諛」，至少像在自家場地上吹擂。」

《話說金庸》刊行之後數載，《明報》旗下的「明窗出版社」就不再「避嫌」，不怕讓「明報集團」大老闆金庸的「友好」在「自家場地上吹擂」，加入出版「金庸小說研究」專著的行列。因為金庸本人不喜歡「金學研究」的提法，筆者也改稱「金庸小說研究」。於是將上回的餘稿鋪陳補寫，完成《總論金庸》，投稿到明窗出版社去。這回是交出電腦列印好的文本寄過去，雖無手稿，卻有電子檔留底。

金庸在一九九三年初退休，筆者於是認定《總論金庸》出版一事，與「查大俠」並無關係，於是人前人後，可以說：「潘國森與金庸從來沒有業務往來。」

刊行多種「金庸學研究」專著以後若干年，見有讀者以「比較文學」來形容筆者的「金庸學研究」，相信主要指《總論金庸》而言吧。當下大吃一驚！

筆者少年時代對於「比較文學」（comparative literature）這門學科，總是感到高不可攀、遙不可及。那時香港大學沒有簡簡單單的英文系，卻有「英國語文及比較文學系」（Department of English Language and Comparative Literature）。在唸中學時期，筆者英文科的成績向來不好，考香港大學時英文科僅僅合格，還被工學院當局指令去補修英語。不過說來奇怪，我報考香港大學的同一年，還報考了香港中文大學，中大入學試英文科竟然考得第二等的B級。當年香港只有兩家大學，港大入學試考的中英雙語翻譯放在不是必考的中文科，中文大學入學試的雙語翻譯卻放在必考的英文科，足見兩家大學「語文政策」的重大差異！現在回想，可能我在這雙語翻譯的考試表現不俗吧。

後來在香港大學遇上筆者一生最好的英文老師，他是我們一起打橋牌的校友張南峰教授（當年是同學還未當教授）。他指出了我英文科成績低落的主要原因，是我太不注意英語文法，在公開試便給大量扣分。後來「張老師」還指點我考取「英國特許語言學會」（Charterd Institute Of Linguists）的會員資格，我還考得「專業翻譯文憑」（Diploma in Translation），那是英國政府承認等同「碩士」學歷。不過，香港在一九九七年回歸中國之後，連政府也不重視「舊日祖家」的學歷了。這個「Linguist」既可以譯作「語言學人」，也可以說是「語言學家」。潘國森向來膽子小，豈敢如個別會友那樣自稱「語言學家」？自認「語言學人」倒無問題。

有些老同學以為我的英語水平仍在上世紀七十年代的舊模樣，我便開玩笑的說：「英女皇代表的英國政府說我英文好，卻沒有任何一個中國官方機構或大學說我中文好，我當然只能說自己英文比中文好了！若自謙英文不好，怕會對女皇陛下不敬呢！」當然這不個是說笑話而已，若要自評，該是：「中文過得去，英文麻麻地。」

因為大學本科主修工業工程，沒有上過文學院的課，過去的日子還不時給文學院的小朋友看扁呢！至於「比較文學」甚麼的，更一點半點也沒有學過，對英國文學亦無任何興趣。如果我在本書講的「金庸梁羽生合論」和「金庸古龍合論」也算是「比較文學」，這或許又是「郢書燕說」了。可是，假如我們要比較兩位作家的代表作，以求品評甲乙，不是原本就應該用近似這部拙著的辦法嗎？

潘國森

二〇一九年己亥孟冬

序於香港心一堂

自序

《總論金庸》是我第二本講論金庸小說之作，對上一次是一九八六年在台灣出版的《話說金庸》。我從未嘗踏足寶島而第一本書卻在當地出版，這也算是很特別的因緣。

本書是對金庸小說作一總論，試圖為金庸小說與金學研究定位。

金學研究當以陳世驤先生為第一，可惜陳先生因心病臟突發而英年早逝，講論金庸小說的文字就只留下兩通堪稱尺牘文典範的書函，陳先生寫道：

……本有時想把類似的意見正式寫篇文章，總是未果。……說到寫文章，如上所述，登在明報月刊上，雖言出於誠，終怕顯得「阿諛」，至少像在自家場地上吹擂。……

故此有〈釋「陳世驤先生書函」〉一章，欲步前賢足跡，俾為讀者作導讀。

倪匡先生為金學研究先驅，其議論甚有爭議，當中「古往今來，空前絕後」一語尤甚。故有〈倪派金學平議〉一章，以茲釋紛。

陳先生評金庸小說時謂「今世猶只見此一人」，倪匡先生則謂「空前絕後」；前一說審慎而不浮誇，是做學問的學者之措詞；後一說狂放而不推敲，是求娛樂的讀者之評語。然皆屬的論，故有〈金梁合論〉與〈金古合論〉兩章，以見金庸小說之並世無雙，此二子而外更未足觀。筆者雖未遍讀梁羽生、古龍二先生之作，諒來亦可教「擁梁派」與「擁古派」心服。

最後有〈譯金庸之難〉一章，以示金庸小說之包羅萬象，及闡揚中國文化之功。

是為序。

潘國森

一九九三年九月

補記：

「佟碩之」是梁羽生的筆名一事，筆者在下一本金庸學研究專著《武論金庸》算是「第一時間」澄清了。羅孚先生既屬無辜、亦算有幸，如果有誰故意或無意誤導讀者，則羅梁兩家都有責任。潘國森誤判此事，錯用了不實的資料，亦無需隱諱，現在本書一仍其舊。讀者原諒也好、不原諒也好，都悉隨尊便。

金庸小說英譯一事，後來想到古德明先生可以領導翻譯組，也在《武論金庸》補充了。「小查詩人」沒有聽我的「金石良言」，而我已盡了朋友的言責，各人有各人的緣法，不必強求。

為了推介「陳世驤書信」，還找來希臘悲劇、西洋文學研究的入門書翻一下，看了些閒書、雜書，合用、能用於此書的的就抄點來吹一下法螺，而用不上、沒有足夠信心去用的，就逕直放棄，不必感到可惜。

國森記

二〇一九

第一章　釋「陳世驤先生書函」

外部研究

有朋友問我應該怎樣去欣賞「金庸小說」，我毫不猶豫的叫他細讀附錄在《天龍八部》之後，陳世驤先生給作者的兩封信。誰知這位朋友過了幾天卻告訴我看過之後不大明白，於是跟他略為解說一番，至於他是否從此得益，就不得而知了。

陳先生這兩封信原本只是寫給金庸，當然不會考慮到一般讀者是否看得明白，而且相信大多數讀者看《天龍八部》之時亦未必會重視收錄在書後這兩封信。《諸子百家看金庸》的第一輯雖然亦有輯錄這兩封信，但顯然未有充份的重視。

這兩封信為何如此重要呢？為何所有讀者都非讀不可呢？

金庸在後記中表示：「雖則中國人寫書向來沒有將書獻給任何人的習慣，但是作者『熱切的』將此書獻給陳先生。」又表示曾經打算在《天龍八部》出單行本時，要請陳先生寫序。只可惜其時陳先生已經辭世，故此將這兩封信附在書後來記念他。

外國人通常把自己寫的書獻給親友或者師長，又或者是對這書的面世出過很大力的朋友。然而金庸與陳世驤兩位非親非故，不過是見過兩次面，通過兩次信；兼且陳先生對《天龍八部》的寫作過程又必然沒有出過甚麼力，那麼金庸又為何要將《天龍八部》獻給他呢？除了因為在作者的心目中陳先生對此書的了解最深之外，還能夠有更合理的解釋嗎？

傳統上但凡作者請人寫序，除了上述的原因之外，還有兩種可能性，第一是為了感激出錢的人。以往印刷業不發達的時候，出版一本書是十分大陣仗的事情，窮措大沒有富商大賈出力資助就很難成事，而為了答謝破了財的人，讓他寫個序來借書留名也是應該。但這個顯然與此無關。第二個可能性自然是請些德高望重，地位崇高之輩來寫，以增聲價。可是不知算不算是讀書人的悲哀，陳先生雖然學問做得如此精深，除了在學術界之內，可說是大名不顯，大部份讀者當然不知道陳世驤是何許人啦，因此這個理由亦不成立。

作者在後記中寫道：

……以他的學問修養和學術地位，這樣的稱譽實在是太過份了。或許是出於他對中國傳統形式小說的偏愛，或許由於我們對人世的看法有某種共同之處……他指出，武俠小說並不純粹是娛樂性的無聊作品，其中也可以抒寫世間的悲歡，能表達較深的人生境界。

金庸寫《天龍八部》的原意就是「寫世間的悲歡」和「表達較深的人生境界」。至於所謂

「對人世的看法有某種共同之處」，其實亦暗示了陳先生對《天龍八部》的了解之深，正好是作者的旨趣所在。

以前曾聽一些唸社會科學的校友說過所謂「作者已死」（death of author），就是說作者完成了創作之後任務就完結了，對於作品的一切都應交由讀者去評斷，有甚麼感受都是讀者自己的「主觀結構」云云。故此文藝創作者面對各式批評，不論是好評還是劣評，都鮮有公開表示某甲才看得懂自己作品，而某乙卻又不懂。金庸將這兩封信附於書後的用意，不是十分明顯了麼？

補記：

「作者之死」出自法當文學理論家、哲學家巴特（Roland Barthes，一九一五至一九八〇）於一九六七年發表的《作者之死》（The Death of the Author，法語La mort de l'auteur）。文章的重點在於反對傳統文學批評理論，認為研究作者的生平和創作意圖並無用處，作品和作家雙不相干。這樣就是徹底否定了「文學的外部研究」。

上述「官方」的描述，與筆者當年的理解有些開闔，等其人其書亦不大了了，可以說純粹是抄來嚇人的。不過說實話，筆者不大認同許多流行的西洋理論。以《天龍八部》為例，作者受佛家學說的影響至為明顯，如果認為《天龍八部》與金庸自小受佛說熏淘全無關係，實在難以令人信服。

國森記

二〇一九

「天龍八部」與現世人物

「外部研究」完結，輪到「內部研究」，即是信的內容。

陳先生的第一封信寫於一九六六年四月，這封信是專論《天龍八部》。陳先生提及自己「乘閒斷續讀之」及與「同人知交」、「青年朋友」聚談金庸小說，間中有人以為「《天龍八部》稍為鬆散，而人物個性及情節太離奇」，又謂「亦為喜笑之批評，少酸腐蹙眉者」。

接下來就是陳先生為《天龍八部》作辯：

然實一悲天憫人之作也……蓋讀武俠小說者亦易養成一種泛泛的習慣，可說讀流了，如聽京戲之聽流了，此習慣一成，所求者狹而有限，則所得者亦狹而有限，此為讀一般的書聽一般的戲則可，但金庸小說非一般者也。讀《天龍八部》必須不流讀，牢記楔子一章，就可見『冤孽與超度』都發揮盡致。書中人物情節，可謂無人不冤，有情皆孽，要寫到盡致非把常人常情都寫成離奇不可；書中的世界是朗朗世界到處藏著魍魎與鬼蜮，隨時予以驚奇的揭發與諷刺，要供出這樣一個可憐芸芸眾生的世界，如何能不教結構鬆散？這樣的人物情節和世界，背後籠罩著佛法的無邊大超脫，時而透露出來。而每在動人處，我們會感到希臘悲劇理論中所謂恐怖與憐憫，再說句陳腐的話，所謂「離奇與鬆散」，大概可叫做「形式與內容的統一」罷。

未嘗試解說這段批評之前，不如先提一個有趣的問題作為我們討論的起步點，就是：「《天龍八部》為甚麼要叫作《天龍八部》呢？即是說作者選用「天龍八部」這個佛經中的名詞作為這部巨著的名稱是有何用意呢？」

《書劍恩仇錄》的「書」是回族的聖典《古蘭經》，「劍」是霍青桐贈予陳家洛的那柄藏有重大秘密的短劍；《碧血劍》是指金蛇郎君從五毒教盜來、飲血無數、有一道碧綠血痕的金蛇劍；《射鵰英雄傳》裏面稱頌的「射鵰英雄」並非威震萬理、滅國無數、殺人無數的蒙古大汗，而是大勇止干戈的傻小子郭靖；《神鵰俠侶》、《雪山飛狐》、《飛狐外傳》、《鴛鴦刀》、《白馬嘯西風》的書名都清楚明白，無大深意；《俠客行》的重點是俠客島上，以李白同名詩命名的一套神秘武功；《笑傲江湖》一方面是指劉正風、曲洋合著的樂譜，也同時是令狐冲的寫照；中原逐「鹿」、群雄問「鼎」，和鹿鼎山下的寶藏就是《鹿鼎記》書名的來歷。那麼《天龍八部》呢？

倪匡先生的《我看金庸小說》有下面的見解：

……照這樣的篇名看來，金庸像是想寫八個人，來表現這八種神道怪物。

……哪一個人代表哪一種，曾經詳細下過功夫去研究，都沒有結論。

……金庸在一開始之際，的確有著寫八個人，來表現八種神道怪物的意願……

……已不能在小說中找到某一個人去代表一種什麼意念，而是所有的人交雜在一起，代表了一個總的意念。

這樣的情形，比原來創作計劃來得好，也使『天龍八部』更高深、大氣磅礡，至於極點。

希望如此節錄不致有斷章取義之弊。顯然倪先生對於他自己的結論十分滿意，其中所謂「總的意念」，文中未有說明，我想大概是該書中第五十八頁所說的：

……人一定有人的本性，人的本性不會受任何桎梏而改變。

事實上《天龍八部》的「釋名」中最後一段已說得十分明白：

天龍八部這八種神道精怪，各有奇特個性和神通，雖是人間之外的眾生，卻也有塵世的歡喜和悲苦。這部小說裏沒有神道精怪，只是借用這個佛經名詞，以象徵一些現世人物，就像《水滸傳》中有母夜叉孫二娘、摩雲金翅歐鵬。

以「天龍八部」象徵現世人物的歡喜和悲苦正是全文主旨所在。

現在我們可以再回到陳先生的信件去，所謂「悲天憫人之作」正是對《天龍八部》的最佳評價，這部巨著正是作者用慈悲憐憫之心所寫成。讀者絕不會同情《書劍恩仇錄》的張召重，或者是《笑傲江湖》的岳不群。若然你不同情段延慶，卻可能會同情慕容復；又或者憎恨阿紫而覺得天山童姥可憐。但可以肯定每一位讀者都會憐憫書中的某些要角，而每一個要角亦必得到某些讀者的同情。為甚麼會如此呢？蓋此乃「悲天憫人」之作也！

補記：

《天龍八部》的創作原意，讀者諸君可以參考陳鎮輝博士的尊論，當中頗有指正筆者的猜想。現在筆者的看法，是同意金庸原本打算寫八個故事，後來改邊了全書的「大橋」，就寫成後來的模樣。

國森記

二〇一九

牢記楔子一回

至於所謂「讀流了」大概與不用心去讀差不多，讀金庸小說必須用心，否則其中高深的內涵便難以理解，純粹抱消閒之心讀金庸小說，所得者便只能是消閒；而純為學寫通暢文章而讀金庸小說，所得者亦只能是此小小進益，此即所謂「所求者狹而有限，則所得者亦狹而有限」。

除了極少數有大定力的讀者以外，我相信大部份讀者頭幾次讀金庸小說必「讀流了」，原因十分簡單，皆因為小說內容太過豐富、情節太過緊湊，初讀時實在難以抗拒，必定要一口氣讀完全書，才有暢快之感。直到讀過幾次之後，對書中情節人物較有明確的印象，投入感與代入感大為減輕，方能平心靜氣去玩味書中典雅的文字和高遠的喻意。

而最令讀者難明《天龍八部》的主旨的就是蕭峰，這個人物寫得太過成功，太過令人心醉，絕大部份的讀者都被「喬幫主」天神般威武的形象和悲慘的遭遇所震懾，因而忽略了《天龍八部》原本是一悲天憫人之作。當然亦只有陳世驤先生如此學養方能了解箇中「三昧」。

因此讀者必須再三熟讀「釋名」（即陳先生所指的「楔子」），現在不妨再重溫金庸對「天」的解說：

……在佛教中，天神的地位並非至高無上，只不過比人能享受到更大、更長久的福報而已。佛教認為一切事物無常，天神的壽命終了之後，也是要死的。天神臨死之前有五種徵狀：衣裳垢膩、頭上花萎，身體臭穢、腋下汗出、不樂本座（第五個徵狀或說是「玉女離散」），這就是所謂『天人五衰』，是天神最大的悲哀……。

大部份的讀者當然不會想象到「天」竟然也有悲哀。現世的大人物、大豪傑亦復如是，他們有極大的本領，財富權位比常人更大，就如「天」的福報比人大。天神既有壽終之時，人世的大英雄、大豪傑亦有愁苦，這些愁苦與普通人愁苦也是一般無異。李秋水臨終之時，訴說師兄妹三人（還有她自己的親妹）畢生的感情糾纏，虛竹的一段思索正好與「釋名」所論互相呼應：

虛竹心道：「我佛說道，人生於世，難免貪瞋癡三毒。師伯、師父、師叔都是大大了不起的人物，可是糾纏在這三毒之中，儘管武功卓絕，心中的煩惱痛苦，卻也和一般凡夫俗子無異。」

《天龍八部》第三十七回〈同一笑　到頭萬事俱空〉

再看看天神般威武的蕭峰，當他契丹人的身世被揭露之後，又再被誣弒師、弒父、弒母，就如從「兜率天」墮下地獄一般，天神的福報立時消逝；從中原武林人人景仰尊崇的丐幫幫主，一變而成為人人不齒的兇徒。聚賢莊一戰，中原武人甚至不顧江湖道義對他圍攻，不是有如「身體臭穢，腋下汗出」的垂死天神嗎？知交好友立時恩斷義絕，不是有如「天人厭離」嗎？

又如少林寺方丈玄慈被蕭遠山當眾揭發早年所犯淫行，這方丈還能再做嗎？說來倒有些「不樂本座」了，因此他只有一死，人都死了，當然也不能再追究些甚麼。

解說「阿修羅」的一段，也有頗堪玩味之處，金庸寫道：

「……阿修羅王常率部和帝釋戰鬥，因為阿修羅有美女而無美好食物，帝釋有美食而無美女，互相妒忌搶奪，每有惡戰，總是打得天翻地覆。」

常人的想法難免會認為天神之首的帝釋代表正義而阿修羅代表邪惡，卻原來他們為了互相妒忌方才有爭戰！段延慶身體傷殘，形相恐怕比阿修羅更醜惡百倍，至於保定帝段正明則是氣度雍容、大有王者之風，可是二人的善惡也不是如此明顯。雖然作者把段正明寫成十分正面，但也有些地方用十分含蓄的筆法暗示段正明得帝位未必是光明正大。當二人在萬劫谷中相遇之時，段正明出一陽指攻敵，段延慶竟不閃避：

……保定帝見他不避不架，心中大疑，立時收指，問道：「你為何甘願受死？」青袍客道：「我死在你手下，那是再好不過，你的罪孽，又深了一層。」保定帝問道：『你到底是誰？』……」

段正明得知對方的身分，竟然不敢再鬥，事實上他有必勝把握，很明顯他是心中有鬼。假如當日段延慶失去帝位之時，段正明沒有做過甚麼對人不起的事，此時絕無理由不敢堂堂正正的退敵救人。

大理國的司馬范驊也表示，段正明萬不願跟段延慶為敵，是為了甚麼不願，這位高官當然心知肚明啦！

沒有辦法，段正明只得求助於黃眉僧，黃眉僧的一番話也包含了絃外之者：

「……這位延慶太子既是你堂兄，你自己固不便和他動手，就是派遣下屬前去強行救人，也是不妥……。天龍寺中的高僧大德，武功固有高於賢弟的，但他們皆系出段氏，不便參與本族內爭，偏袒賢弟，因此也不能向天龍寺求助。」

試想段正明若是光明磊落，為何不能求助於族中的父老呢？若然段延慶沒有半點冤屈，此事又怎能算是「本族內爭」呢？事實上段延慶施於段譽的手段相當卑劣，可是段正明反而不敢正面與之為敵，背後恐怕還有許多不可告人之秘。

還有一項佐證，當日段延慶傷重回到大理，請枯榮大師主持公道，洽巧枯榮正坐枯禪，段延甚至連向天龍寺的方丈吐露身分也不能：

「……這和尚說枯榮大師就算出定之後，也決計不見外人。我在大理多逗留一刻，便多一分危險，只要有人認出了我……我是不是該當立刻逃走？」

《天龍八部》第回〈王孫落魄　怎生消得　楊枝玉露〉

大概連當時天龍寺的方丈也有點問題，左袒於段正明，否則段延慶怎會認為只有枯榮才能為他主持公道呢？作者寫得相當隱晦，也只有如此，喜歡胡思亂想的讀者才有更多樂趣。

如果要繼續穿鑿附會，自然可以將南海鱷神說成專責保護段譽的「夜叉」。而段正淳一生淫濫，偏偏唯一的兒子卻非親生，臨終之時又有些像終生以龍為食的「迦樓羅」鳥，諸龍吐毒而焚身。事實上「天龍八部」之中，「天」、「阿修羅」比較重要，其他如「乾闥婆」、「緊那羅」則屬附庸，倪匡先生認為金庸原本要寫八個人去代表「天龍八部」似乎低估了金庸的藝術才華，若然寫八個人物來代表「天龍八部」，似乎輕重不分，而且以金庸這樣的高手，恐怕不至於如此自設樊籠罷！

所謂「無人不冤，有情皆孽」更是一針見血的高見，一般讀者大概都不能自己領略這點，但一經道破，定必豁然開朗，所以也不必再多舉例子了。

「業報」是佛家學說中相當重要的一環，「善有善報，惡有惡報」、「種瓜得瓜，種豆得豆」是我們耳熟能詳的。「孽」與「業」有些相近，但嚴格來說仍大有不同，至少「孽」只有貶義，而「業」則有「善業」與「惡業」之別。

「超度」則是令眾生脫離地獄苦難，如《鹿鼎記》寫韋小寶到清涼寺打探順治帝的下落，就以做法事為名，他對清涼寺方丈澄光說道：

「我母親上個月十五做了一夢，夢見我死去的爹爹，向她說道，他生前罪業甚大，必須到五台山清涼寺，請方丈大師拜七日七夜經懺，才消得他的血光之災，免我爹爹在地獄中受無窮苦惱。」

《鹿鼎記》第十七回〈法門猛叩無方便　疑網重開有譬如〉

澄光推搪一番，韋小寶續道：

「……就算我爹爹在夢裏的言語未必是真，我們給他做一場法事，超度亡魂，那也是一件功德。……」

要將「冤孽與超度」發揮盡致，就必須寫得離奇，這是為了突出有極大本領的人物也有悲苦煩惱，尋常悲情戲曲小說中主人翁遭受那「屋漏更兼逢夜雨」的困境、又或者是兒女私情的小挫折、生老病死一丁點兒的悲歡難合，跟本不能難倒真真正正出類拔萃的大英雄、大豪傑。「魍魎與鬼蜮」待機而動，大英雄、大豪傑的煩惱必定要與眾不同，要比常人所遇的難題更加嚴峻，以世俗眼光視之，這種遭遇自屬「離奇」，但他們內心的痛苦卻與凡夫俗子的一般無異。

「魍魎」是居於深山大川中的精怪，《天龍八部》寫姑蘇慕容家的一夥在擂鼓山一會之後，碰上了三十六洞、七十二島的萬仙大會，要不是段譽一路跟隨，及時援手，險些兒就不得脫身。這萬仙不就是有如「朗朗世界中藏著的魍魎」麼？

「蜮」是傳說中一種會得含沙射人，使人發病的動物。白居易詩：「含沙射人影，雖病人不知。巧言搆人罪，至死人不疑。」日常用「含沙射影」來形容惡意中傷，就是源出於此。

《天龍八部》中最可怕的一場「含沙射影」就是馬夫人對喬峰的搆陷，馬夫人初出場時裝成怯生生的模樣：

「……她說得甚低，但語音清脆，一個字一個字的傳入眾人耳裏，甚是動聽。她說到這裏，話中略帶嗚咽，微微啜泣。杏子林中無數英豪，心中均感難過。……」

《天龍八部》第十五回〈杏子林中　商略平生義〉

原來洛陽百花會中，禍根早種：

馬夫人罵道：「你是甚麼東西？你不過是一群臭叫化的頭兒，有什麼神氣了？那天百花會中，我在那黃芍藥旁這麼一站，會中的英雄好漢那一個不向我呆望？那一個不是瞧著我神魂顛倒？偏生你這傢伙自逞英雄好漢，不貪女色，竟連正眼也不向我瞧上一眼。倘若你當真沒見到我，那也罷了，我也不怪你。你明明見到我的，可就是視而不見，眼光在我臉上掠過，居然沒有停留片刻，就當我跟庸脂俗粉沒絲毫分別。偽君子，不要臉的無恥之徒。」

……

馬夫人惡狠狠的道：「你難道沒生眼珠子麼？恁他是多出名的英雄好漢，都要從頭至腳的向我細細打量。有些德高望重之人，就算不敢向我正視，乘旁人不覺，總還是向我偷偷的瞧上幾眼。只有你，只有你……哼，百花會中一千多個男人，就只你自始至終沒瞧我。你是丐幫的大頭腦，天下聞名的英雄好漢。洛陽百花會中，男子漢以你居首，女子自然以我為第一。你竟不向我好好的瞧上幾眼，我再自負美貌，又有什麼用？那一千多人便再為我神魂顛倒，我心裏又怎能舒服？」

《天龍八部》第二十四回〈燭畔鬢雲有舊盟〉

馬夫人不就是「朗朗世界中的鬼蜮」麼？

「襄王有心，神女無夢」這樣的單相思太過普通，可以拖垮段譽這樣秉性仁厚的「白面書生」，卻難不倒蕭峰這威猛無儔的燕趙豪士，故此作者必須安排蕭峰親手打死自己的至愛。能夠承受這樣再無轉寰餘地的絕境，方才顯得出蕭峰超乎常人的鋼鐵意志，蕭峰與阿朱的一段情自然比段譽的單相思更能震憾人心，但蕭段二人的感情痛苦本質上並無太大的分別。當段譽得知段正淳是王語嫣之生父之時，他的苦痛不見得就低過蕭峰打死阿朱之時的感受。

杏子林中，變生肘腋、眾叛親離，亦不能令武藝超群、智勇雙全的「北喬峰」低頭，若換上是「南慕容」的慕容復恐怕早已全局瓦解了，故此作者還要安排蕭峰做為全中原武林所不齒的契丹人，再要讓他在聚賢莊內與師友故舊拚過你死我活，甚至要親手殺死交親最深、亦師亦友的奚長老；再要安排他親手打死自己的至愛，但這樣的絕境還是難不倒英雄了得的蕭峰。只有到了雁門關外，忠義兩難全，才教這位「敝屣榮華，浮雲生死，此身何懼」的大英雄、大豪傑真真正正的走投無路，此時他的痛苦亦復與尋常小人物沒路窮途時沒有本質上的分別。故而陳先生謂「要寫到盡致非把常人常情都寫成離奇不可」，皆因常人常情是不能把大英雄、大豪傑打垮的。

佛家有「六道」之說，「天」、「人」、「阿修羅」為三善道，「地獄」、「餓鬼」、「畜生」為三惡道。「天」為上善，「人」為中善，「阿修羅」為下善；「地獄」為上惡，「餓鬼」

為中惡，「畜生」為下惡。六道輪迴，眾生平等，皆可成佛。天神福報大，地獄、餓鬼則多受苦難，但六道中的眾生若未得正覺，仍受輪迴之苦。故此人間之外，有大神通的神道精怪，其實「也有塵世的歡喜和悲苦」。

人生有八苦，即生、老、病、死、愛別離、怨憎會、求不得、五陰熾盛。糾纏於貪毒，即生求不得苦；糾纏於瞋毒，則生怨憎會苦；糾纏於癡毒，則生愛別離苦。人世上人人業力不同，福報高下之別，亦如六道之中各有不同，帝王將相、販夫走卒亦同樣有歡喜和悲苦，苦的因由不同，苦的本質卻無異。

此即《天龍八部》的主旨所在。

至於所謂「結構鬆散」，其實是部份讀者以讀一般的武俠小說來對待《天龍八部》，以一般武俠小說的形式（包括金庸的其他作品）來衡量《天龍八部》，未有「牢記楔子一回」而已。

佛家不承認宿命，而認為人生得失禍福並非早已注定而不可更易。宿業牽引，仍可用佛法化解而得以減輕，蕭遠山、慕容博、鳩摩智、段延慶等人惡業雖重，一念之間仍可得解脫，當然這所謂解脫並非得證「無上正等正覺」，但亦可稍減貪瞋癡三毒之害。此即所謂「背後籠罩著佛法的無邊大超脫，時而透露出來」。

正因為要寫「悲天憫人之作」，才可得見書中世界透出佛法的超脫；又因為這「超度」發揮盡致，而方能成就得如此「悲天憫人之作」，二者可說是互為因果。

最後陳先生提到希臘悲劇理論中的恐怖（似乎譯之為恐懼較為妥當，但是那也無關宏旨）與憐憫。在希臘悲劇裏的主角往往屬於非凡人物，他們所遭受的痛苦亦異乎尋常，也只有不尋常的人物和不尋常的情節方能激起讀者的恐怖感（或者是恐懼感）和憐憫感。當我們讀到丐幫幫主喬峰竟然會是契丹人，定必為此一強者抵受那無情命運的播弄所震慄，這樣一個不平凡的人物面對如此慘絕的命運安排，令我們自覺渺少；又當我們讀到蕭峰一掌打死阿朱，必定有充滿惋惜的痛感而慨嘆：「斯人也而有斯禍也。」

然而《天龍八部》雖則常能激起恐怖與憐憫的感情，但與希臘悲劇大有不同。希臘悲劇中的英雄人物都無力擺脫命運安排，而那些天神又大都是器小易盈、睚眥必報；佛家卻有「重業輕報」之說，故此蕭遠山與慕容博殺孽雖重，一念之間仍得解脫。單就這一點而這，《天龍八部》似乎還比希臘悲劇更勝一籌了。

今世第一人

陳先生的第二封信寫於一九七零年十一月，這信是對金庸小說作一通論。信首陳先生提到在香港與金庸會面，自言「渴欲傾聆，求教處甚多」，可是「座有嘉賓故識，攀談不絕，瞬而午夜更傳，乃有入寶山空手而回之歎。」，於是只能「希必復有剪燭之樂」。可惜大約半年之後，陳先生便撒手塵寰，這個願望也就落空了。

曲洋將《笑傲江湖曲譜》交托令孤冲時的一番說話相當蒼涼，當我第一次「不流讀」此段之時，不禁引動無數聯想：

「……今後縱然世上再有曲洋，不見得又有劉正風，有劉正風，不見得又有曲洋。就算又有曲洋、劉正風一般的人物，二人又未必生於同時，相遇結交……。」

《笑傲江湖》第七回〈授譜〉

此意又令人想起陳子昂詩句：「前不見古人，後不見來者。念天地之悠悠，獨愴然而涕下。」忽爾發一奇想，兩位既通過訊，還見過面，討論過學問，雖則「言未盡於萬一」，又何嘗不是莫大的福緣？再求剪燭之樂，又似乎過於執著了，此意陳先生在天之靈說不定會十分贊同。

信中重述陳先生竟夕講論金庸小說，其文曰：

「……嘗以為其精英之出，可與元劇之異軍突起相比。既表天才，亦關世運。所不同者今世猶只見此一人而已。此意亟與同學析言之，使深為考索，不徒以消閒為事。談及鑑賞，亦借先賢論元劇之名言立意，即王靜安先生所謂『一言以蔽之曰，有意境而已。』於意境王先生復定其義曰，『寫情則沁人心脾，景則在人耳目，述事如出其口。』此語非泛泛，宜與其他任何小說比而驗之，即傳統名作亦非常見，而見於武俠中尤難。蓋武俠中情、景、述事必以離奇為本，能不使之濫易，而復能沁心在目，如出其口，非才遠識博而意高超者不辦矣。藝術天才，在不斷克服文類與材料之困難，金庸小說之大成，此予所以折服也。意境有而復能深且高大，則惟須讀者自身之才學修養，始能隨而見之。細至博奕醫術，上而惻隱佛理，破孽化癡，俱納入性格描寫與故事結構，必亦宜於此處見其技巧之玲瓏，及景界之深，胸懷之大，而不可輕易看過。至其終屬離奇而不失本真之感，則可與現代詩甚至造形美術之佳者互證，真贗之別甚大，識者宜可辨之。此當時講述大意，並稍引例證，然言未盡於萬一，今稍撮述。……」

元曲亦稱詞餘，領有元一代之風騷，陳先生以此喻金庸小說，評價不可謂不高，故此金庸亦要謙遜一番，說道「這樣的稱譽實在是太過份了」。陳先生謂「今世猶只見此一人」亦屬的論，單就武俠小說而言，金庸的成就固然然遠遠地超越了如還珠樓主等的一代人，即就與金庸同期的梁羽生，後來的古龍仍不足與其比肩。

天才世運

金庸小說有很強的政治成分，據說金庸少年時原本希望從政，後來欲進中華人民共和國外交部被拒，這恐怕是為了他的「階級成份」不好罷。然而「塞翁失馬，焉知非福」，金庸的外文水平雖高，但似乎不甚擅於辭令，若任外交官或許不能有今天的成就。金庸在《笑傲江湖》的後記寫道：「參與政治活動，意志和尊嚴不得不有所捨棄，那是無可奈何的。」我猜想金庸少年時的志向是效法「直道而事人」的柳下惠，近年則間有「降志辱身矣，言中倫，行中慮，其斯而已矣」。然而「筆耕的金庸」似乎要比「從政的金庸」成功得多，早些時香港大學以名譽社會科學博士的學位授與金庸，而不是更理所當然的文學博士，主事人未免有點兒糊塗。

金庸少年時雖然未能從政，但是對國家民族的長治久安仍然十分關注，這些意識也就不時在其小說中透露出來。但金庸小說不以宣揚一家一派的政治見解，或販賣廉價的「民族大義」、國仇家恨為務。這些在拙作《話說金庸》中已有專論，不再贅述。

金庸對中國傳統文化愛護甚深，就如國學大師錢穆先生所謂對本國歷史的一種「溫情與敬意」。金庸小說裏面從不將一時一代的治亂簡單地歸功或歸咎於制度，在月旦古人之時沒有如激進文人一般，強以現代人的尺度與眼界去非難古人，金庸小說一再強調掌舵人的質素，而認為許多時一治一亂是取決於人情世俗。金庸曾長期在本港左派機構任事，但並無習染其教條主義的風尚，亦絕不同五四後一些左派文人如巴金、魯迅等人，或一力鞭撻傳統，或斥「禮教」吃人，激進作家能破舊而不能立新，雖能揭發舊社會的一些陰暗面，其實流毒亦深。

如《天龍八部》寫段正明傳位與段譽時的一番叮囑：

段正明道：「……做皇帝嗎，你只須牢記兩件事，第一是愛民，第二是納諫。你天性仁厚，對百姓是不會暴虐的。只是將來年紀漸老之時，千萬不可自恃聰明，於國事妄作更張，更不可對鄰國擅動刀兵。」

《天龍八部》第四十八回〈王孫落魄　怎生消得　楊枝玉露〉

小說中人物的一言一行，其實許多時反映了作者對世事人情的觀感。當中正面人物的言論，每每就正是作者本人的見解。這番說話，與其說是九百年前在雲南僭稱皇號的小皇朝當中一個統治者的政見，倒不如說是作者透過一個他細心刻劃的仁君，來抒發其對世運升降浮沉的體會。現在讀來，仍有很高的意義。

接下來筆鋒一轉，金庸又再描述宋哲宗趙煦親政作為對比，寫這個德薄位尊、好大喜功的孟浪少年怎樣胡作非為。兩宋之亡，除了因為武備不修之外，其實亦是當國者不察國力，「擅動刀兵」，以致求榮反辱。先是徽欽之世聯金滅遼，反招靖康之恥；後是理宗朝聯蒙滅金，洞開門戶，聽任蒙古人效晉人「假途滅虢」的故智，遂啟崖山之禍。

意境最高，胸懷最大

陳先生又借近人王國維「境界」之說論金庸，王氏《人間詞話》原文：

「大家之作，其言情也必沁人心脾，其寫景也必豁人耳目。其辭脫口而出，無矯揉妝束之態。以其所見者真，所知者深也。詩詞皆然。持此以衡古今之作者，可無大誤矣。」

金庸小說雖間有被人目為「通俗小說」之列，事實上其修辭技巧爐火純青，堪稱雅俗共賞。其辭於雅處則無「矯揉妝束之態」，在俗處則書中人物吐屬皆洽如其分；寫文士則或見儒雅、或見迂闊，寫俠客則或見豪雄、或見飄逸，寫市井則或見渾樸、或見無賴；書中人物言談舉止，栩栩如生，足證作者「所見者真，所知者深」。

如《天龍八部》寫包不同對慕容復曉以大義，面斥其不忠、不孝、不仁、不義，擲地有聲，不幸反遭殺身之禍。鄧百川因之與慕容復決裂：

> ……鄧百川長嘆一聲，說道：「我們向來是慕容氏家臣，如何敢冒犯公子爺？古人言道：合則留，不合則去。我們三人是不能再侍候公子。君子絕交，不出惡聲，但願公子爺好自為之。」
>
> ……「公子爺不提老先生的名字，倒也罷了；提起老先生來，這等認他人作父、改姓叛國的行逕，又如何對得起老先生？我們確曾向老先生立誓，此生決意盡心竭力，輔佐公子興復大燕、光大慕容氏之名，卻決不是輔佐公子去興旺大理、光大段氏的名頭。」
>
> 《天龍八部》第四十八回〈王孫落魄　怎生消得　楊枝玉露〉

我其實不甚喜歡包不同，與倪匡先生不喜阿珂一般，以包不同對段譽無禮之故（我對「小段皇爺」之景仰略近於倪先生之厚愛「撫遠大將軍鹿鼎公」）。孔子謂：「君使臣以禮，臣事君以忠。」而鄧百川、公冶乾、包不同、風波惡四人皆古道熱腸，大有國士之風，在在令人為之心折。其沁心在目之功，豈非「才遠識博而意高超」耶？

若然一定要批評一下，反而間有遺辭過於馴雅。例如《笑傲江湖》謂「令狐冲讀書不多」

（見第十九回〈打賭〉），但寫武當山腳下與冲虛道人的一番話又未免太雅。當時冲虛批評岳不群「外貌謙和，度量卻嫌不廣」，令狐冲的反應是：

……當即站起，說道：「恩師待晚輩情若父母，晚輩不敢聞師之過。」

《笑傲江湖》第二十六回〈圍寺〉

言語發自心聲，辭令寄於學問，令狐冲此語不亢不卑，對冲虛又不失恭敬，與「讀書不多」的背景就似乎不大吻合。

小說創作以塑造人物最難，作者大可以一廂情願的解說書中人物的性格如何如何，但若「所見不真，所知不深」，寫出來的人物情節就無說服力，無真實感了。金庸小說中人物吐屬對白匠心獨運，主要角色固然出色，連許多配角的性情都躍然紙上。

如寫黃藥師精研奇門五行之術，自然要拿《周易》來做文章，寥寥幾筆即可見作者功力之深：

黃蓉知道依這莊園的方位建置，監人的所在必在離上震下的《噬嗑》之位，《易經》曰：「噬嗑，亨，利用獄。」「象曰：雷電，噬嗑，先王以明罰敕法。」她父親黃藥師精研其理，閒時常與她講解指授。她想這園構築雖奇，其實明眼人一看便知，那及得上桃花島中陰陽變化、乾坤倒置的奧妙？在桃花島，禁人的所在反而在乾上兑下的「履」位，取其「履道坦坦，幽人貞吉」之義，更顯主人的氣派。

《射鵰英雄傳》第十三回〈五湖廢人〉

六十四卦圓圖是「宋易學派」中圖書家的闡釋，金庸常將六十四卦方位用在武打設計。易卦用於「奇門」一般以九宮八卦為主，我們倒不必深究「噬嗑」與「履」的方位何在，但既說黃藥師「精研奇門五行」，總得要拿點「真憑實據」出來。金庸本人未必便「精研奇門五行」，但抄亦要抄得有技巧，拿《周易》經傳來做文章，渾然天成，令人拍案叫絕。所謂「幽人」是指被幽禁之人，表面上「雅主原無強留俗客之意」，雖然口是心非，但亦於此處見其氣度恢宏。

陳先生又謂金庸小說中意境高深，必須讀者以本身才學去領略。我不敢說自己有多大的「才學修養」，但自初次讀金庸小說到今天，套用「烏生魚湯」小玄子的話，多年以來倒不是只「吃飯不管事」（見第四十三回〈身作紅雲長傍日　心隨碧草又迎風〉），也曾多讀了幾本書、多認了幾個字。對於這點，正所謂「如人飲水，冷暖自知」，諸君如隔一段時間重讀金庸小說一次，當有會心。

金庸小說常以諸般雜學為題材，陳先生特別提及「博奕」與「醫術」，只是略舉一二而已。

以博奕為題材的情節以《天龍八部》中擂鼓山上的珍瓏最佳。函谷八友的老二范百齡「精研圍棋數十年，實是此道高手」，但算得幾下就口噴鮮血。他師父聰辯先生蘇星河說道：

「這局棋原是極難，你天資有限，雖然棋力不弱，卻也多半解不開……」

《天龍八部》第三十一回〈輸贏成敗　又爭由人算〉

這番話好像說來胡塗，范百齡既是「精研此道數十年的高手」，棋力又復不弱，天資卻竟然有限，可不是自相矛盾嗎？假如他天資有限，又豈能成為高手呢？

常言道「勤能補拙」，那麼范百齡算是「勤能補拙」，還是「勤不補拙」呢？作者是深得個中「三昧」，便由蘇星河來解釋其中的道理：

「玄難大師精通禪理，自知禪宗要旨，在於『頓悟』。窮年累月的苦功，未必能及具有宿根慧心之人的一見即悟。棋道也是一般，才氣橫溢的八九歲小兒，棋枰上往往能勝一流高手……」

那麼「勤能補拙」這個「傳統智慧」又是對是錯呢？我想不能一概而論，有些學問技術需要創造力、領悟力與及大量的抽象思維，天賦不足的人也就難成大器；但亦有一些主要是一板一眼的依樣葫蘆，鬥志頑強而資質略有欠缺的人就可以勤補拙了。

但是世上完全不需要創造力、領悟力和抽象思維的學問技術畢竟所在無多，故此天資出眾的人還是比較佔便宜的。那麼先天資質是否一定就比後天努力重要呢？這又未必盡然，有天賦而不用功，仍是不能成材。

段譽天資聰慧，學武必可有成，但為人愛心太重，所以不肯學武，只是身不由己，胡裏胡塗的得了一身武功。蕭峰初與段譽相識時說過：

「賢弟身具如此內力，要學上乘武功，那是如同探囊取物一般，絕無難處。」

《天龍八部》第十四回〈劇飲千杯男兒事〉

關鍵就在「探囊」二字，取物雖易，但是不探囊則不可得物，道理就是這般的顯淺。大多數學問必須天資，若單憑努力，成為專家則可，那就是「勤能補拙」；但要開宗立派，成為一代宗師則不能。至於難度最高的就既要天資，又要窮年累月的苦功。故此范百齡棋力雖高，終究不能成為一派宗師。

金庸小說中談及醫術的，則以《倚天屠龍記》最多。至於引用經絡學說作為點穴功夫和內功修練的情節，更是金庸小說的重要元素，集中多不勝數。技擊家以指力點拿對手穴道，原是十分霸道的功夫，受者非死即傷，決不如小說中的描述，這一點已有醫家論及，故在此不再贅論。金庸小說中說及中國傳醫術的部份取材甚豐，談不上有大的發明，但讀者亦可從中多知悉一點中醫常識。

「惻隱佛理，破癡化孽」

說到「惻隱佛理，破癡化孽」，其實正好是金庸小說的一大特色，只是在《天龍八部》一書中以最多的篇幅解說佛理，可說是不勝枚舉，俯拾即是。如寫少林寺藏經閣的無名高僧點化蕭遠山與慕容博處即可見一斑。老僧憶述當日情境：

「居士（蕭遠山）全副精神貫注在武學典籍之上，心無旁騖，自然瞧不見老僧。記得居士第一晚來閣中借閱的，是一本『無相劫指譜』，唉！從那晚起，居士便入了魔，可惜，可惜！」

……

「……居士（慕容博）來到藏經閣中，將我祖師的微言法語、歷代高僧的語錄心得，一概棄如敝屣，挑到一本『拈花指法』，卻如獲至寶。昔人買櫝還珠，貽笑千載。兩位居士乃當世高人，卻也作此愚行。唉，於己於人，都是有害無益。」

這番說話還未算最高明，接下來金庸匠心獨運，提出層次更高、義理更深的「理據」：

《天龍八部》第四十三回〈王霸雄圖　血仇深恨　盡歸塵土〉

「佛門弟子學武，乃在強身健體，護法伏魔。修習任何武功之時，總是心存慈悲仁善之念。倘若不以佛學為基，則練武之時，必定傷及自身。……如果所練的只不過是……外門功夫……只須身子強壯，儘自抵禦得住……」

……

「但如練的是本派上乘武功，例如拈花指、多羅葉指、般若掌之類，每日不以慈悲佛法調和化解，則戾氣深入臟腑，愈陷愈深，比之任何外毒都要厲害百倍。大輪明王原是我佛門弟子，精研佛法，記誦明辨，當世無雙，但如不存慈悲布施、普渡眾生之念，雖然典籍淹通，妙辯無礙，卻終不能消解修習這些上乘武功時所鍾的戾氣。

……

「……是以每一項絕技，均須有相應的慈悲佛法為之化解。……只是一人練到四五項絕技之後，在禪理上的領悟，自然而然的會受到障礙。在我少林派，那便叫做『武學障』，與別宗別派的『知見障』道理相同。……」

……

「……自然也有人佛法修為不足，卻要強自多學上乘武功的，但練將下去，不是走火入魔，便是內傷難愈。……」

雖然所謂「少林派七十二門絕技」、以及武功與佛法的關係全都是作者杜撰，讀者若不細心玩味，「讀流了」，就很容易錯過了當中的微言大義。佛家與儒家的境界故然高低不同，但亦有可相互印證之處。即使讀者不是佛徒，信儒不信佛，只要從另一個角度來看，把「武學」轉成世俗間的才學技能，把「慈悲佛法」換作儒家的仁、義、禮、智、信，便可見其都是一般的絲絲入扣。

老僧雖在解說佛法，但是借以闡釋儒學，試問誰曰不宜？世俗間任何一門才藝學術，何嘗不需用道德操守作後盾？操術者若然心術不正，則本領越高，禍世亦越烈。如醫者身懷高藝而無濟世之心，一力以聚歛為務，即如「走火入魔」。要知術亦有時而窮，故孔子謂：「驥不稱其力，稱其德也。」試看古往今來的亂臣賊子，禍世奸雄有那一個不是有點過人的才智，「德勝才為君子，才勝德為小人」，信焉！

又如寫少林派的玄痛大徹大悟，「放下屠刀，立地成佛」，佛弟子讀之想必歡喜讚歎。先是玄痛中了游坦之的寒毒掌，一肚子悶氣無處宣洩。碰上了「函谷八友」，一時間便動了無明，痛施殺手。金庸就借「函谷八友」的老三書獃子苟讀的口，引用高僧鳩摩羅什的偈句了來點化了玄痛：

「……你佛家大師，豈不也說『仁者』？天下的道理，都是一樣的。我勸你還是回頭是岸，放下屠刀罷！」

《天龍八部》第三十回〈揮灑縛豪英〉

「放下屠刀」，「回頭是岸」這些成語是人所共知，人人都會講，平日聽來，任誰都難有會心。但在此時此地入於玄痛的耳中，卻有如醍醐灌頂，故此玄痛就得以立時「妙悟真如，往生極樂」了。此即陳先生所謂：「惻隱佛理，破孽化癡，俱納入性格描寫與故事結構」，其「技巧玲瓏」一語，實非虛言。

至於寫鳩摩智的開悟，其實亦道盡了「知易行難」的真諦，說法是一理，修行卻是另一理。以「說食不飽」之故：

……（鳩摩智）武功佛學，智計才略，莫不雄長西域，冠冕當時，怎知竟會葬身於污泥之中。人孰無死？然如此死法，實在太不光采。佛家觀此身猶似臭皮囊，色無常，無常是苦，此身非我，須當厭離，這些最基本的佛學道理，鳩摩智登壇說法之時，自然妙慧明辯，說來頭頭是道，聽者無不歡喜讚嘆。但此刻身入枯井，頂壓巨巖，口含爛泥，與法壇上檀香高燒、舌燦蓮花的情境，畢竟大不相同，什麼涅槃後的常樂我淨、自在無礙，盡數抛到了受想行識之外，但覺五蘊皆實，心有掛礙，生大恐怖，揭諦揭諦，波羅僧揭諦，不得渡此泥井之苦厄矣。

《天龍八部》第四十五回〈枯井底　污泥處〉

而孔子謂：「有德者，必有言；有言者，不必有德。」也就是這個道理。

佛家認為各種神通都落於下乘，在武俠小說的世界裏武功就是一切，超凡入聖的武藝如同各式各樣的神通。鳩摩智強練易筋經，眼看就要走火入魔，一身內力卻被段譽胡裏胡塗的吸去，但是塞翁失馬，焉知非福？這『武學障』立時除盡，方得大徹大悟。

鳩摩智半晌不語，又暗一運氣，確知數十年的艱辛修為已然廢於一旦。他原是個大智大慧的人，佛學修為亦是十分睿深，只因練了武功，好勝之心日盛，向佛之心日淡，至有今日之事。他坐在污泥之中，猛地省起：「如來教導佛子，第一是要去貪、去愛、去取、去纏，方有解脫之望。我卻一無能去，名韁利鎖，將我緊緊繫住。今日武功盡失，焉知不是釋尊點化，叫我改邪歸正，得以清淨解脫？」他回顧數十年來的所作所為，額頭汗水涔涔而下，又是慚愧，又是傷心。

《天龍八部》第四十六五回〈酒罷問君三語〉

若將鳩摩智的武功看成現實世界中的名利權位一般，豈不是同樣的發人深省嗎？金庸小說每多闡揚「儒釋道」三家的精粹，而《天龍八部》說佛法最多，「景界之深，胸懷之大」，實無愧於「當世只此一人」的評價！

最後我要坦白的承認對於現代詩與造形美術是個不折不扣的門外漢，既非「識者」，自無「辨之」的能耐，濫竽充數恐怕也要到此為止。我亦不甚喜讀現代詩，以其不甚重聲韻、不易諷頌之故；至於造形美術則不論書畫雕塑皆偏愛於工筆、寫實一路，實不敢亂引例證。

我本人並未信佛，對佛學其實亦所知無多。不自量力，試圖闡揚陳先生的高見，只為拋磚引玉。但礙於才識所限，所舉例證淺陋難免，實恐有乖陳先生的旨趣。陳先生大概於三十年多前開始講論金庸小說，當時坐上的「青年朋友」今天想必已是登峰造極的學者，若然昔日有幸得聆陳先生說法的朋友有緣看到鄙人的淺見，實在渴望他們能夠指正我幼稚的觀點，庶幾可傳陳先生的真知灼見也。

補記：

撰寫《話說金庸》之時，就有了打算要比較詳細探討陳世驤教授這兩通書信，於是接觸了一些佛家理論的皮毛。不過因為學力所限，如《總論金庸》所談，恐怕溢不出「口頭禪」、「野狐禪」的水平。

好在鄺萬禾醫生的《金庸小說中的佛理》（心一堂，二〇一九）已面世，筆者認為此書是已公開發表用佛理評論金庸小說的論述之中，成績最高之作。

國森記

二〇一九

第二章　倪派金學平議

「空前絕後」解

一九八四年的夏天是我對金庸小說認知的分水嶺，那時我開始陸續購買二十四大冊的《金庸作品集》，再經兩次「地氈式」的精讀，從此可以自稱專家而不臉紅。在此之前，我對金庸小說的認知雖然在朋友中算是十分高明，但其實亦不外乎對小說的一些人物情節記得比較清楚而已。

大約十年前有一次與校友談論金庸小說，當然都是讚頌的居多，說到後來座上諸君也再無新意，我一時興到，抬人牙慧的借用了倪匡先生那「古往今來，空前絕後」的名句。座中一位小姑娘忽然說道：「空前或許沒錯，絕後卻是未必，你如此武斷未免太不科學了。」我那時在小圈子裏是以能言善辯見稱，差不多是「縱橫四海，所向披靡」，小姑娘膽敢向我挑戰，真「可怒也」。而在電光石火的一剎那，我忽然發覺小姑娘的責難倒是不易辯解，對方既然來勢洶洶，恐怕必有所恃，若然我匆匆接招，很容易落得個灰頭土臉，英名盡喪。當下只好不置可否，除圖後計，小姑娘卻再無進迫，大眾亦不了了之，一哄而散。

這「古往今來，空前絕後」是錯不到那裏去的，我倒不相信今後還能再有多一個金庸，可是小姑娘的論調看來亦似言之成理。勝敗原本是兵家常事，但我好歹也算是詮理工科的，被小姑娘譏為不科學，面子上總有點不好過。況且若我如此便棄甲曳兵，就等於承認今後可能有人寫得出有金庸一般水平的武俠小說，這個我卻絕不能接受。那天晚上我真是「食不甘味，臥不安席」，全力回想自求學以來所識的「科學方法」，百般苦思，只記起甚麼「模型法」、「黑箱式」，又或者是「歸納法」、「演譯法」之類的物事，竟然發覺自己是從未有學過怎樣去判別一個思維過程是否科學的知識。

忽然間我腦裏靈光一閃，不覺恍然大悟，我自己固然是拾人牙慧，小姑娘又何嘗不是呢？倒不是我門縫裏看人，只是我既是詮理工科，在學術上又最不務正業、好學而不專精，對於科學研究的方法論尚且不大了了；小姑娘看來是個循規蹈矩的好學生，又那有功夫去鑽研這些冷門的理論呢？她必然也是人云亦云而已，自也不必再多爭辯。

幾年以後我偶然接觸一些「科學哲學」的理論，才發覺眾說紛紜，莫衷一是，而且不斷演進。只不過有些現代人一知半解、迷信「科學方法」、膜拜「賽恩斯」，當遇上一些新穎的言論、與其個人對物質世界的主觀經驗有開闔時，就逕以「不科學」斥之，而其人亦未必就清楚「科學」為何物。其實科學方法並非萬能，「文學研究」可以用「科學方法」輔佐，但「文學鑑賞」則屬主觀感性的居多，客觀理性的少，若一定要用「科學方法」就簡直是開玩笑了。

人生有涯，我們連幾十年後的世界也未必能夠親睹，但不能眼見卻並不表示我們不能準確預測某些事物。即使在自然科學的範疇裏，科學家仍可預見某些事物必會發生，或必不會發生，而留待後人去實證。若然為了我們不能活到地老天荒、世界沒日，便說所有對世間人事的推測都不科學，就是迷信於「不可知論」了。

甚麼是「科學」呢？最四平八穩、最沒有爭議的定義，見於《大不列顛百科全書》：

> 科學是泛指任何研究物質世界及其現象的各個學科或思維活動，當中需包含無偏觀測（Unbiased Observations）與系統化實驗（Systematic Experimentation）。

假若我們煞有介事的要用「無偏觀測」和「系統化實驗」，來驗證倪先生的八字評語不科學，那才算是天大的難題呢！

拾人牙慧亦應巨細無遺，倪匡先生在《我看金庸小說》一書是如此說的：

> 金庸的小說，總評語是「古往今來，空前絕後」。以前，世界上未曾有過這樣好看的小說；以後，只怕也不會有！

倪先生的所謂「空前絕後」是以「好看」為判準，純粹是主觀感受。這種感受既不是「科學」，亦不是「不科學」，而是「非科學」。人的感受許多時與物質世界無涉，更遑論甚麼「無偏觀測」和「系統化實驗」了。

說到鑑賞文藝作品，在於寫作技巧方面才有一定的法則可循，可以談客觀理性；但是對於意境的領略，以及個人的喜好則以主觀感性為主；假如有人認為《肉蒲團》比《紅樓夢》更好看，你可以罵他是色鬼，卻不能說他「不科學」，因為這種觀感與科學無關。但若有人謂《封神演義》的筆法與技巧勝過《西遊記》、《三國演義》，則說他「不科學」亦不算為過，因為在技法上仍有一定的客觀準則可依。

王國維《人間詞話》謂：

四言敝而有楚辭，楚辭敝而有五言，五言敝而有七言，古詩敝而有律絕，律絕敝而有詞。蓋文體通行既久，染指遂多，豪傑之士，亦難於其中自出新意，故遁而作他體．以自解脫，一切文體所以始盛終衰者，皆由於此。故謂文學後不如前，余未敢信。但就一體論，則此說固無以易也。

金庸小說之「空前絕後」亦可作如是觀，就技法而言金庸小說縱然不是長篇章回小說的極品，也必是武俠小說中頂峰之作。後來者既不能超越金庸，武俠小說就非「敝」不可。一如今人賦律絕，斷無上追李杜之理。

武打場面是武俠小說的靈魂，若然缺少了刀光劍影、打打殺殺，武俠小說就不成武俠小說了。金庸小說之超越前人，迨無可疑，莫說自民國以還的武俠小說，即如《三國》、《水滸》亦非其匹。《三國演義》膾炙人口的武打場面甚多，但不能與金庸小說比擬。如「三英戰呂布」難與《天龍八部》中蕭峰在少林寺山門之前以一敵三，大戰丁春秋、慕容復和游坦之相比，甚至連《神鵰俠侶》寫郭靖力拒蒙古眾武士的一幕亦大有不如。「百萬軍中藏阿斗」，「拒漢水趙雲寡勝眾」兩段雖則盡顯常山趙子龍的一身是膽；實亦及不上蕭峰聚賢莊力抗中原群雄來得悲壯慘烈，震人心魄；甚連段譽背負王語嫣脫出三十六洞、七十二島諸主之圍亦有不如。關雲長「白馬坡斬顏良，戰延津誅文醜」都在三個回合內打得對手心膽俱寒；又那裏及得上重陽宮中，楊過以玄鐵重劍連敗尼摩星、瀟湘子、尹克西等三大高手的氣派。說到單打獨鬥，「許褚裸衣戰馬超」和葭萌關「張飛夜戰馬超」比較出色；但卻絕及不上《雪山飛狐》中苗人鳳與胡一刀惡戰數日、《神鵰俠侶》中西毒北丐在華山之顛同歸於盡來得精彩。

七十回本《水滸傳》的最後一個高潮是寫梁山好漢攻打東昌府，遇上守將「沒羽箭」張清。這一回寫張清以一手飛蝗石的絕藝，大展神威，「沒羽箭飛石打英雄」，「大刀」關勝、「霹靂火」秦明、「雙槍將」董平、「雙鞭」呼延灼、「金槍手」徐寧等一十八員猛將紛紛鎩羽而歸。

卻不及《倚天屠龍記》中，張無忌在光明頂連敗六派高手來得變化多端。這一戰或以智取，或以力敵，恩威並濟，群雄歸心，弭兵解困。以德服人，誠王者之風，令人讀後有心曠神怡之感。

小說中武打技擊的場面，可以說已給金庸寫到了極致，後來的「豪傑之士」，亦難於其中自出新意」。隨著時代變遷，國人的眼界大開，武俠小說的讀者不會再接受民初時代「放飛劍」、「騰雲駕霧」，或是作邪法「攝人魂魄」之類的描寫。技法可以略為誇張，但如陳世驤先生所言，必須「雖屬離奇而不失本真之感」。

金庸小說中描寫的內力玄功，巧妙地揉合了儒家典籍《周易》的「陰陽學說」、中醫「經絡學說」與及傳統道教內丹修練的一些術語，再加上如有天馬行空的想像力，在佛經中拈出許多名詞來借題發揮，這些杜撰的武藝大都能自圓其說。飛花擲葉、內勁轉移的情節和修練內力的「理論」，到《天龍八部》達致頂峰，若然寫得比《天龍八部》更離奇就令讀者難以接受了。至於見招拆招的打法和「理論」，則以《笑傲江湖》為極致。

到了寫《鹿鼎記》時，連金庸自己亦無以為繼，寫內功難以勝過《天龍八部》，寫招術又無法超越《笑傲江湖》。也只有金庸如此功力方能「自出新意」，故此在《鹿鼎記》中金庸少談「理論」，只以氣氛取勝。金庸不再以一個說故事的「武學專家」出現，而純是以旁觀者的角度，跟不大懂得武藝的主角韋小寶一同觀看高手比拚。如「百勝刀王」胡逸之與「一劍無血」馮錫範在柳江木排上一番惡鬥，就是用上這種筆法。而九難在少林三十六名高手跟前行刺康熙，只澄觀老和尚一人勉力與她對上一掌，是比興的筆法；與桑結喇嘛師兄弟一戰是側寫；洪安通與神龍教眾高手同歸於盡的一場困獸鬥更是耳聞的多、目睹的少。

「後金庸時代」的武俠小說家只有古龍最為出色，而古龍實亦為「豪傑之士」，但「亦難於其中自出新意」。故此古龍小說的武打場面只能一味側寫，如李尋歡與上官金虹，以及葉孤城與西門吹雪的決戰，都屬純以氣氛取勝；或以「手中無劍，心中有劍」為詞；或言速度；或比信心。

此外金庸作品中的「江湖」又成了後來者的規範，他寫出黃蓉這樣一個嬌滴滴的丐幫幫主，又再創造了喬峰這樣不是叫化的幫主。古龍的《楚留香傳奇》出現一個貴介公子模樣的丐幫幫主南宮靈，這樣的安排讀者還可接受，但是到了生死關頭，南宮靈卻不曾使出「降龍十八掌」。這個「丐幫幫主」又未免太不像樣了。

金庸小說雖間有被時人以「通俗小說」視之，謂其難登大雅之堂云云，但其在中國文學史上實必穩佔一席位，這種預測或許不很「科學」，但我想數十年後的中國文學史的一類書籍，論及二十世紀下半葉之作家時，亦必首推金庸小說。

文學鑑賞原本就無所謂「科學」與「不科學」，賀知章論李白詩，曰：「子，謫仙人也。」累世傳為佳話，李白亦因之以「詩仙」之稱傳世。李白因賀知章的稱頌成名，賀亦因品評李白而得譽，可謂相得益彰。

有唐一代，詩風極盛，詩人輩出，以賀知章的詩，當在二十名之外，可說是數完手指再數腳趾也未輪到他。賀亦善草隸，但說到名氣亦遠不如鍾王顏柳。卻因品評李白而得以留名，直至今天所有論文學史的書籍必以「詩仙」稱李白，亦必引用賀知章之言。仙人是甚麼模樣，沒有幾人見過，賀知章亦無法證實李白確為天上謫仙，說來其實亦不很「科學」。

除了「不科學」之外，倪匡先生亦間有因八字總評而被譏為「擦鞋」。若說「不科學」，則賀倪二人同樣的「不科學」，只是一個生於「賽恩斯」東來之前，世世代代得叨李詩仙的光；一個生於「賽恩斯」東來之後，便得到「不科學」和「擦鞋」的惡評。然而時人雖有輕視「金庸小說」，根本上多屬偏見，終究難成氣候。

今後如果再無人能挖空心思，想出比「古往今來，空前絕後」更吸引人的評語，日後文學史的教科書必然在論金庸小說的部份，寫上一句：「倪匡評之為『古往今來，空前絕後』。」

倪先生以科幻小說聞名，但其技法與境界實未足與金庸小說比肩，將來文學史的教科書會否提及他的作品，實為未知之數。假若不幸而未得後世史家垂青，則未嘗不可借品評金庸小說留名，今天被人罵「不科學」和「擦鞋」，其實十分划算！

補記：

上引「科學」一詞的解說，節譯自一九八五年版的《大不列顛百科全書》，只能算是一家之言，但已涵蓋了最基本、最重要的元素。Science一詞，本意僅為「學術」，中譯「科學」是借用日本的經驗。當代中國讀書人講「科學」、science，其實僅指「自然科學」（Natural Science）而言。說得再簡單淺白一點，就是一些物理學、化學和生物學的皮毛，而且局限在一般高中課程的那個深度和廣度。

至於「社會科學」（譯自英文的social science）、政治科學（譯自英文的political science），都是不妥貼的翻譯。但是大眾習以為常，平時許多人開口閉口就是罵人「不科學」，其實普遍都有混淆和誤解。

國森記

二〇一九

專家可愛，權威可怕

「訴諸權威」實乃演辯技巧中的一大絕招。

當陶百歲提起少年之時與田歸農一起打家劫舍，幹那沒有本錢的買賣，曹雲奇認為他辱及先師，於是二人爭吵起來。苗若蘭為免陶百歲把話題岔開，便道：

「陶伯伯，我爹爹也說，綠林中儘有英雄豪傑，誰也不敢小覷了。……」

《雪山飛狐》第七回

陶百歲聽了此話，登時感到手上的雞毛受了神仙的咒語影響，竟然變成了一支令箭，於是儼然以打遍天下無敵手金面佛苗人鳳苗大俠的代言人自居：

……指著曹雲奇的鼻子道：「你聽，苗大俠也這麼說，你狠得過苗大俠麼？」曹雲奇「呸」了一聲，卻不答話。

「苗大俠」不就是權威麼？除了「呸」一聲之外，小小的一個曹雲奇難道還有膽子說一聲苗大俠不對麼？而「訴諸權威」與「斷章取義」原本就親如兄弟。「權威」的力量是不可抗拒的！

說來諸位或許不信，許多時最窒礙一門學問的發展，往往就正好是這門學問裏的權威。

提到第一枚原子彈，人人都想起號稱「原子彈之父」的奧本海默（Oppenheimer），他是曼哈頓計劃的主腦。但對於大部份參予其事的科學家來說，後來致力反對使用原子彈的匈牙利裔科學家扎拉德（Szilard）更有資格膺此名號。扎拉德的好友韋納（Wigner）甚至說：「如果單憑意念就能夠造成原子彈的話，除了扎拉德之外，甚麼人也不需要。」扎拉德大名不顯是政壇黑暗使然，不必細表。

話說一九三三年十月的某一日，扎拉德在倫敦的一處紅綠燈前等候過馬路時，想出了製造原子彈的原理：「若可找到一種元素，當它受一粒中子撞擊而分裂時，能析出兩粒中子，那麼只要集合足夠的質量，就能夠產生核分裂連鎖反應。」日後的曼哈頓計劃就是具體實踐了這個概念。

扎拉德與冲冲的將這個概念告訴當時原子物理學界公認的權威盧瑟福（Rutherford），結果扎拉德差不多給擲出了盧瑟福的辦公室。

權威就是這樣窒礙一門學問的發展。

孔子是中國學術界數千年來的最大權威，他本人十分開明，所以有午睡習慣的宰予也有膽量跟老師爭論三年之喪。孔子不贊成宰予的見解，但是宰予還有發言權，既未被逐出師門，也未被轟出課室。孔子本人不曾妨礙學術發展，專横的是那些隔代的徒子徒孫。聖人莫有說過的誰也不能說，否則那些儒門中的「陶百歲」就要痛罵你一頓，再指著你的鼻子說道：「孔夫子也是這麼說，你狠得過孔夫子？」

多年前有一次逛書店，見到一本甚麼《青年必讀書》之類的小書，儘多陳腔濫調。所薦書目赫然就有《鹿鼎記》在內。這位作者大概為了表示自己識貨，也來「訴諸權威」一番，說道「金學研究」以倪匡第一、金庸小說以《鹿鼎記》最佳云云，他自己卻無甚創見。

倪先生論金庸小說時的懾人豪氣確實征服了不少讀者，很有當上權威的潛質。倪先生本人的態度還算十分開明，若現時不推倒這個權威，漸漸成了氣候，恐怕幾十年後若有人對「《鹿鼎記》第一，《天龍八部》第二……」的排名有異議，就會有無數個「陶百歲」站出來，指著那人的鼻子說：「倪匡也是這麼說，你狠得過倪匡？」

權威可怕，即使是開明的權威也是可怕。

專家則大大的不同。專家只是專門研究一樣物事，又或者是專門幹一些事情，專家並不專橫，而且只有不是傻子，專心鑽研一樣物事或多或少總會有一些成績，所以凡專家都可愛。

權威當然也曾是專家，可是盧瑟福就趕走扎拉德；雖然孔子沒有趕走宰予，但是他的隔代徒子徒孫，尤其是自封的，就比盧瑟福更兇悍。

在「金學研究」的範疇裏，「權威的倪匡」非打倒不可，而「專家的倪匡」則是「拜金者」

（崇拜金庸之謂也）的好朋友，可以切磋琢磨。

倪匡先生自封「金段」，他掀起「金學研究」的浪潮，功不可沒，其見解亦多獨到。但是論到境界就絕不能與陳世驤先生比肩，一方面固然是陳先生的觀點太過高明，另一方面卻是因為陳先生留下來的言論就只有兩封信。所謂「多做多錯，少做少錯，不做不錯。」又有誰能說陳先生的高見有錯呢？簡直是一字千金了。

倪先生自恃將金庸小說讀得爛熟，時常但憑記憶，不參考原文就下結論。需知「人力有時而窮，心中所想的事，十九不能做到。」（傻小子郭靖語，見《射鵰英雄傳》第十八回〈三道試題〉）。故此善泳者溺。

近日在《我看金庸小說》一書中又覓得兩個錯處。

倪先生謂：「韋小寶什麼事都幹，唯獨出賣朋友不幹。」

韋小寶也曾出賣朋友，對象是稱兄道弟的多隆。康熙要砲轟韋小寶的子爵府，將天地會的反賊一舉剿滅，韋小寶為了通風報信，只好對多大哥來個「白刀子進，紅刀子出」，還是在背後下手的，那可真是不夠朋友。韋小寶自己也覺得過意不去，但是為了幾十條人命，多大哥只是一條命，說不得只好出賣朋友了。心有不安，就自我安慰一番：

他手中忙碌，心裏說道：「多大哥，你是韃子，我天地會靠殺韃子吃飯，不殺你不行。今日傷你性命，實在對不住之至。好在你總免不了要死的。我今晚逃走，皇上明日定要砍你的腦袋，你也不過早死了半日，不算十分吃虧。何況我殺了你，你是因公殉職。但如皇上砍你的頭，你勢必要抄家，老婆兒女都要受累，不如早死半日，換得家裏的撫卹贈蔭。打起算盤來算一算，你實在是佔了大大的便宜啦。」但多隆平素對自己著實不錯，迫不得已的殺了他，心中終究十分難受，忍不住流下淚來。

《鹿鼎記》第四十三回〈身作紅雲長傍日　心隨碧草又迎風〉

金庸當然有辦法維持韋小寶的義氣，就是安排多隆天生「偏心」，太醫說道：「十萬個人中也沒有一個」（見《鹿鼎記》第四十七回〈雲點旌旗秋出塞　風傳鼓角夜臨關〉）。救了多隆一命，又有皇帝為他圓謊，大家都不知道堂堂韋公爺竟也出賣朋友。

倪先生又謂：「《鹿鼎記》中的敗筆是刀槍不入的背心和削鐵如泥的匕首，但又少不得。」試問金庸是何等樣人，豈能如此不濟，自相矛盾？以匕首刺背心有何後果，書中記載得明明白白。話說風際中身份敗露，與韋小寶反臉，出手制住了韋小寶，又用匕首威脅：

韋小寶只有苦笑，但覺背心上微痛，知道匕首劍尖已刺破了外衣，雖然穿著護身寶衣，卻擋不住這柄寶劍。

《鹿鼎記》第四十五回〈尚餘截竹為竿手　可有臨淵結網心〉

故此並無敗筆。

補記：

我們讀者精讀自己喜歡的小說，如果要褒揚小說的主人翁或某個角色，可以找出一百二十個理由；反過來如果要低貶不喜歡的角色，也同樣可以找出一百二十個理由。

倪匡先生評論韋小寶的行為似有偏私，涉嫌選擇性引用小說內容。如果倪派擁蔓認為倪論公正，則說明倪先生讀金庸小說時記心不大好！如韋小寶對多隆是企圖謀殺，只因後來殺人不遂，連嚴重傷人的罪名也開脫了，在大法官「小玄子」包庇之下，現場環境證據都給洗刷得乾乾淨淨，兇手由是「當庭釋放」。多大哥終其一生，都是感激韋兄弟「救命之恩」！

至於韋大人強姦（或迷姦）李阿珂女士（她與生父是李自成相認了，當然要歸宗姓李而不用隨母姓陳了）一案，亦因受害人原諒了「強姦犯」，結果就不必提告而結案。倪匡大法官判了明教光明左使楊逍強姦峨嵋弟子紀曉芙，則有張無忌憶述小時候親耳聽聞紀女已原諒楊逍，是為

「人證」；楊紀兩人的「非婚生女兒」命名「楊不悔」，則是「物證」。再有紀女俠的師父滅絕師太證明「受害人」紀女與「凶嫌」男兩廂情願，則事屬「和姦」，強姦罪名難以成立。至於案中另一「苦主受害人」武當派六俠殷梨亭，已接受了楊家的補償，即楊逍、紀曉芙之女楊不悔嫁予殷梨亭，母債女償，是則殷梨亭亦撤銷提告，兩家全面和解。算是「大團圓結果」吧！

潘國森結案陳詞，認為倪匡先生有「虛假陳述」（false representation），涉嫌「防礙司法公正」也！

戲言說完了，其實「避重就輕」亦不失為「演辯技巧」的常用手法。為小說中虛構人物的是非善惡爭辯，亦不失為有趣的智力訓練，有助於讀者「慎思明辨」也。

扎拉德的故事，當然也跟我們「金庸學研究」扯不上太大的關係，可說是「風馬牛不相及」。只因那時剛好看到這則名人小故事，就信手拈來炫跨一下，現當代科學家的傳記實不是潘某人慣常的讀書方向。原子物理學、高能物理學都不是學習範圍，信口胡扯，看官不必太過認真。

國森記

二〇一九

第三章　金梁合論

新派武俠

「新派武俠小說」這個提法今日已不流行，梁羽生與金庸就是掀起「新派武俠小說」浪潮的兩大作者。百劍堂主羅承勛先生在於一九六六年一月用佟碩之的筆名發表了《金庸梁羽生合論》一文，評論並比較了二人的作品。既是二十多年前的舊作，恐怕羅先生的一些觀點或有改變，而且羅先生是以舊版的金庸小說作為討論的基礎，我想在金庸以近十年時間改寫十四部小說時，一定考慮到羅先生的某些意見。但這是金梁合論的一篇重要文章，羅先生與金梁二位又有多年交誼，二十多年後的今天仍有很大的參考價值。這篇文章面世之時，《天龍八部》還在連載，《笑傲江湖》和《鹿鼎記》更是之後的作品。

羅先生開宗明義表示「……『梁金』讀來不如『金梁』順口……卻非有意抑梁抬金……」，而我以為洽洽相反，羅先生倒是有意「抑金抬梁」呢！

羅先生以朋友的角度比較了金梁兩位：

……梁羽生的名士氣味甚濃（中國式）的，而金庸則是現代的「洋才子」。梁羽生受中國傳統文化（包括詩詞、小說、歷史等等）的影響較深，而金庸接受西方文藝（包括電影）的影響較重。雖然二人都是「兼通中外」（當然通的程度也有深淺不同），梁羽生也有受到西方文化影響之處……但大體說來，「洋味」是遠遠不及金庸之濃的。

若然以日常言行舉止而論，這個說法我倒不敢提出異議，畢竟「三劍樓」的三劍共事多年，羅先生對兩位的認識必然很深。讀者就只能透過小說來認識作者，但若論二人的小說，我反而覺得梁的比金的更多洋味。羅先生的論據是金庸多在「在小說上運用電影手法」，「每有奇峰突起，令人有意想不到之妙」；而梁羽生小說，則是：

不論形式與內容，處處都可以看出他受中國傳統小說的影響，如用字句對仗的回目，每部小說開頭例有題詩題詞，內容大都牽涉及真實的歷史人物，對歷史背景亦甚重視等等。寫作手法也比較平淡樸實，大體上是中國舊傳統小說的寫法，一個故事告一段落再接另一故事，雖有伏筆，論到變化的曲折離奇，則是顯然較弱了。因此梁羽生的創新，是在「舊傳統」上的創新，不脫其「泥土氣息」。這種寫法，有其優點也有其缺點。有一定中國文化水平的讀者，讀梁羽生的小說，可能覺得格調較高，更為欣賞。一般讀者，若是抱著追求刺激的心理，讀金庸的小說，可能得到更大的滿足。

先說金庸小說的電影手法，金庸寫情、寫景、寫對白都細膩精緻，相信得力於任電影編劇和導演時的工作經驗。如寫楊過與程英、陸無雙結拜，就有濃厚電影感：

楊過道：「兩位妹妹，我有一個念頭，說出來請勿見怪。」陸無雙道：「誰會見怪你了？」楊過道：「咱三人相識以來，甚是投緣，我並無兄弟姊妹，意欲和兩位義結金蘭，從此兄妹相稱，有如骨肉。兩位意下如何？」程英心中一酸，知他對小龍女之情生死不渝，因有十六年年遙遙相待，故要定下名份，以免日久相處，各自尷尬，但見陸無雙低下了頭，眼中含淚，忙道：「咱二人有這麼一位大哥，真是求之不得。」

陸無雙走到一株情花樹下，拔了三棵斷腸草，並排插好，笑道：「人家結拜時撮土為香，咱三人別開生面，插草為香。」她雖強作歡顏，但說到後來，聲音已有些哽咽，不待楊過回答，先盈盈拜了下去。楊過和程英也在她身旁跪倒，拜了八拜，各自敘禮。

《神鵰俠侶》第三十二回〈情是何物〉

程英的感情較為內蘊，陸無雙則不善隱藏。故此楊過一提結拜，陸無雙就立時難忍淚水，程英比較克制，於是還能及時應對。及至楊過留字遠去，二女的反應電影感更濃：

一日早晨，陸無雙與程英煮了早餐，等了良久，不見楊過到來，二人到他所歇宿的山洞去看時，只見地下泥沙上劃著幾個大字：「暫且作別，當圖後會。兄妹之情，皎如日月。」

陸無雙一怔，道：「他……他終於去了。」發足奔到山巔，四下遙望，程英隨後跟至。兩人極目遠眺，惟見雲山茫茫，那有楊過的人影？陸無雙心中大痛，哽咽道：「你說他……他到那裏去啦？咱們日後……日後還能再見到他麼？」

程英道：「三妹，你瞧這些白雲聚了又散，散了又聚，人生離合，亦復如斯。你又何必煩惱？」她話雖如此說，卻也忍不住流下淚來。

此處「鏡頭」運用得頗見功力，配合陸無雙的激動，程英的強自克制，甚為細緻。然而技法是表，神韻是裏。以水晶玻璃瓶盛高粱，味道還是中國式的。

羅先生認為梁羽生的小說格調較高，這點我更不敢苟同。

補記：

「佟碩之」實為梁羽生的筆名，初寫《總論金庸》時與香港社會上主流誤解一樣，以為此文是羅先生所寫。此書初版之後，即時有前輩文友指正。現在重刊一仍其舊，以保留潘某人大意受愚出錯的故事，不必隱瞞。

國森記

二〇一九

比詩詞

或許基於對舊詩詞的偏愛，羅先生認定梁比金更「傳統」而金比梁更「新」。羅先生又謂「大約金庸也發現作回目非其所長，《碧血劍》以後諸作，就沒有再用回目，而用新式的標題。」無疑五六十年代金庸的詩詞還未合格，或許是受了昔日三劍樓舊侶的激勵，金庸在七十年代修訂小說之時急起直追，新版的回目也就多見佳作。

金庸在《書劍恩仇錄》的後記中寫道：

對詩詞也是一竅不通，直到最近修改本書，才翻閱王力先生的《漢詩詞格律》一書而初識平平仄仄。……本書初版中的回目，平仄完全不協，現在不過略有改善而已。

金庸這番話倒是說得十分輕鬆，翻閱王力先生的書就學成了。正如羅先生所言，金梁兩位都是兼通中外，試想舊文學根柢不深，豈能單憑翻閱詩詞格律之類的書便成事？金庸既是出身書香世家，少年時受嚴格的國學訓練一定是少不了，幼學啟蒙的如《龍文鞭影》，又或是韻文類的如《笠翁對韻》、《千家詩》一定是滾瓜爛熟。

單就詩詞創作而論，我想還是金不如梁。可是古人謂詩以「言志」，故此以詩詞作回目、或是拈來給書中人物吟詠，不論是自行創作（或代作）還是引用前人作品，似乎尚需比較詩詞的意境是否對題。

梁羽生偏愛納蘭詞，試過引用納蘭詞作為小說的引子，但論意境則遠不及《倚天屠龍記》引丘處機的一首《無俗念》，混然天成，毫無斧鑿之痕：

春遊浩蕩，是年年寒食，梨花時節。白錦無紋香爛漫，玉樹瓊苞堆雪。靜夜沉沉，浮光靄靄，冷浸溶溶月。人間天上，爛銀霞照通徹。

渾似姑射真人，天姿靈秀，意氣殊高潔。萬蕊參差誰信道，不與群芳同列。浩氣清英，仙才卓犖，下土難分別。瑤臺歸去，洞天方看清絕。

金庸將這一首《無俗念》說成是丘處機為小龍女而寫，用句陳腔濫調來形容，當真是「匠心獨運，巧奪天工」。借梨花以詠芳鄰，讓讀者感受欣賞美好事物原是人的天性，就連道教中大有來頭的修真之士「長春真人」也無例外，詞意就納入書中人物的風姿，融為一體，妙到毫顛！此詞借「小東邪」郭襄之口念誦，更顯得意境高超絕俗，郭襄也算得上是十分的人才，偏生她傾心暗慕的「神鵰大俠」楊過卻早已使君有婦。小龍女是「不與群芳同列」的白衣仙子，如「白錦」、如「玉」、如「雪」、如「浮光」、如「月」、如「銀」、如「霞」的「姑射真人」。「香」、「靜」、「靄靄」、「冷」、「靈秀」、「高潔」、「清英」而「卓犖」，正好匹配楊過這位出類拔萃的大英雄、大俠士。因此小郭襄也不得不承認「也只有龍姊姊這樣的人物，才配得上他」。一番深情，終無結局，雖在花樣年華，試問又焉能不「容色間卻隱隱有懊悶意，似是愁思襲人，眉間心上，無計迴避」（見《倚天屠龍記》第一回〈天涯思君不可忘〉）呢？

梁羽生小說常有用少數民族的歌謠作引子，但以自作詩詞居多。如《白髮魔女傳》的一首《沁園春》，羅先生認為夠水平，而又切合小說命題：

一劍西來，千巖拱列，魔影縱橫，問明鏡非台，菩提非樹，境由心起，可得分明？是魔非魔？非魔是魔？要待江湖後世評。且收拾，話英雄兒女，先敘閒情。

風雷意氣崢嶸，輕拂了寒霜嫵媚生。嘆佳人絕代，白頭未老，百年一諾，不負心盟。短鋤栽花，長詩佐酒，詩劍年年總負卿。天山上，看龍蛇筆走，墨潑南溟。

我贊同這詞的本身確是夠水平，但卻不甚切題。女主角「玉羅剎」練霓裳的行為其實說不上一個「魔」字，只是出身綠林，又因武功高強而對江湖中人傲慢無禮而已，恐怕談不上「魔影縱橫」。玉羅剎與武當派並無血海深仇，雖然傷過許多武當門下，但其實以玉羅剎乖戾的性格，對卓一航的一眾師叔已算頗為克制。另一方面卓一航為了她不做武當派的掌門，以他軟弱的性格已算是盡力反抗，除了曾出手傷了她之外，亦說不上怎樣辜負了她。

兩人之間倒沒有甚麼大不了而不能解決的絕境，同在天山附近隱居，卓一航既不曾盡力令他的練姐姐回心轉意，這練姐姐亦不思冰釋前嫌，互相廝守，正是「禍福由天，拾取由人」，倒也怪不得旁人。前人求學，尚且有立雪之舉；卓一航當求補過，竟然拖拖拉拉，所謂「精誠所至，金石為開」，此人一無誠意，故誤己誤人。而「問明鏡非台，菩提非樹，境由心起，可得分明？」數句就更給人一種「口頭禪」的感覺，皆因梁羽生在書中避談佛理，晦明禪師岳鳴珂亦無嘗試用佛法去幫助卓練兩人。由「短鉏栽花」起的六句就更談不上與小說中的人物情節契合了。卓一航不曾栽花，只是師徒二人守花，全書又有詩無酒。故此我說詞雖好而不切題。

比較抄來的《無俗念》和創作的《沁園春》，卻是抄的比作的切題，作不如抄了。

又如梁羽生代楊雲驄填的一首《八聲甘州》：

笑江湖浪跡十年遊，空負少年頭。對銅駝巷陌，吟情渺渺，心事悠悠。酒醒詩殘夢斷，南國正清秋。把劍淒然望，無處招歸舟。

明日天涯路遠，問誰留楚珮，弄影中州？數英雄兒女，俯仰古今愁。難消受燈昏羅帳，悵曇花一現恨難收！飄零慣，金戈鐵馬，拚葬荒坵。

詞確是寫得不壞，但說是出自一個有功名的俠士之手則可，說是楊雲驄所寫就令人難以置信。

楊雲驄是楊璉之子，是湖北人，父親向為京官，他七歲便上天山，一住就是十多年，他的師父岳鳴珂恐怕不是讀書人，很難想像他是怎樣學會填詞的。藝成之後在回疆一帶抗清，後與納蘭明慧珠胎暗結，到杭州後不久就一語成讖，「命喪荒坵」。楊雲驄一生奔波，捱盡塞外風霜，他的詞照說應有點邊塞詩的詩風才對。「空負少年頭」一句就不是「寫實」了。他一生中少有居於名城，又幾曾對過「銅駝巷陌」？更沒有閒情逸致去詩酒風流，一生既未嘗卜居南國，一到南國就命喪荒坵，恐怕難識南國清秋是甚麼模樣。而下半闕較佳，比較符合楊雲驄的一生。

詩以言志，《神鵰俠侶》寫郭靖誦杜甫詩，格調就高超得多了。郭靖帶楊過巡視襄陽城外的防務，縱馬行到杜甫故里。一時有感，詠杜甫詩，當中有「胡來但自守，豈復憂西都？」，「艱難奮長戟，萬古用一夫。」等句。郭靖記心不好，「讀了數十遍，也只記下這幾句。」這樣的描寫完全合乎郭靖的天資，若然全詩抄錄，反覺畫蛇添足。

郭靖推崇杜甫詩，亦與書中人物性格相合，他說道：

「中國文士人人都會做詩，但千古只推杜甫第一，自是因他憂國愛民之故。」

《神鵰俠侶》第二十一回〈襄陽鏖兵〉

杜甫憂國愛民，郭靖也是憂國愛民，所不同者杜甫是手無縛雞之力的書生，只能「不眠憂戰伐」，卻是「無力正乾坤」；而郭靖則是「胡來自守」的「萬古一夫」。楊過一聽就明白，說道：

「你說『為國為民，俠之大者』，那麼文武雖然不同，道理卻是一般的。」

說意境又是「作」不如「吟」了。

而金庸畢竟不長於詩詞（只是相對於五六十年代而言、相對於梁羽生而言），故此有幾部作品沒有用詩詞做回目，《天龍八部》的後記中則謂：

曾學柏梁台體而寫了四十句古體詩，作為《倚天屠龍記》的回目，在本書學填了五首詞作回目。作詩填詞我是完全不會的，但中國傳統小說而沒有詩詞，終究不像樣。

柏梁台體是一韻到底，句句連韻的七言古詩，與唐人的律絕大異其趣，《倚天屠龍記》的四十回目用上了七陽韻。金庸特別指出沒有詩詞不像樣，那一定是對羅先生善意批評的回應，或許他不甚願意被目為「洋才子」罷！

若謂用柏梁台體詩作回目是個新嘗試，那麼用一首詞作為十回的回目更是創舉。撇開這五首詞當中有不依定格之處不談，詞的本身意境就甚高。我撇開定格不談倒不是要拍馬屁，只是我國的文學批評向來有一習慣，就是出於大家手筆而不依成規的，是沒有誰願意多責難的，如蘇大學士填詞不依成格，論者每稱：「東坡詞每不為成格所拘，即此類也。」又如杜詩聖有：「香稻啄餘鸚鵡粒，碧梧棲老鳳凰枝。」之句，又不是要遷就平仄，卻將主、從都顛倒了。但論者即以倒裝句稱譽之，亦「即此類也」。故而此際論金庸小說中的詩詞，倒不如只論意境，不談格式。

王國維先生謂：「小令易學而難工，長調難學而易工。」《天龍八部》回目的五首詞，有小令，中調，亦有長調，基本上甚見工整。為便於欣賞與討論，茲抄錄如後：

《少年遊》

青衫磊落險峰行，玉壁月華明，馬疾幽香，崖高人遠，微步縠紋生。
誰家子弟誰家院，無計悔多情，虎嘯龍吟，換巢鸞鳳，劍氣碧煙橫。

《蘇幕遮》

向來痴，從此醉，水榭聽香，指點群豪戲，劇飲千杯男兒事，杏子林中，商略平生義。
昔時因，今日意，胡漢恩仇，需傾英雄淚，雖萬千人吾往矣，悄立雁門，絕壁無餘字。

《破陣子》

千里茫茫若夢，雙眸粲粲如星，塞上牛羊空許約，燭畔鬢雲有舊盟，莽蒼踏雪行。

赤手屠熊搏虎，金戈盪寇鏖兵，草木殘生顱鑄鐵，蟲豸凝寒掌作冰，揮灑縛豪英。

《洞仙歌》

輸贏成敗，又爭由人算。且自逍遙沒誰管。奈天昏地暗，斗轉星移。風驟急，縹緲峰頭雲亂。

紅顏彈指老，剎那芳華。夢裏真真語真幻。同一笑，到頭萬事俱空。胡塗醉，情長計短。解不了，名韁繫貪嗔。卻試問，幾時把癡心斷？

《水龍吟》

燕雲十八飛騎，奔騰如虎風煙舉。老魔小醜，豈堪一擊，勝之不武。王圖霸業，血海深恨，盡歸塵土。念枉求美眷，良緣安在。枯井底，污泥處。

酒罷問君三語。為誰開，茶花滿路。王孫落魄，怎生消得，楊枝玉露。敝屣榮華，浮雲生死，此身何懼！教單于折箭，六軍辟易，奮英雄怒！

說到意境，每一首詞都有近三十萬字精彩絕倫的小說作註腳，就是這五首詞大佔便宜之處，比如讀到「塞上牛羊空許約」一句，想到蕭峰與阿朱二人遭遇之慘，英雄無路，紅顏命薄，實教人為之鼻酸！

《天龍八部》的第一冊可說是「段十回」，回目的詞牌選了《少年遊》，十分切題。第二冊雖不是「喬十回」，但內容實以這位契丹英雄為主，只頭兩句說段譽，次兩句說王語嫣，以「胡人舞曲」作詞牌，亦不作他想。

而第三首詞以前三句寫蕭峰與阿朱的一段悽厲的愛情悲劇；第四句寫段正淳與馬夫人康敏的孽情；五、六、七三句寫蕭峰遠走北國，開創新天地；八九句寫游坦之受阿紫荼毒之慘；最後一句則是丁春秋大展神威，生擒了三派高手。

假如完全撇開數十萬字的一大冊小說不談，單單就詞說意，意境就有些不同了。這首詞好像是寫一個多情種偏遇上薄倖女，寒盟侮約有如一場春夢。於是遠走他鄉，於艱難苦困中創出一番新事業。如此去理解這首《破陣子》，倒是十分有趣。

第四冊差不多是「竹十回」，選《洞仙歌》以配逍遙自在的靈鷲主人，亦十分洽當。倪匡先生甚至認為此詞包含《天龍八部》一書的主旨所在（見《再看金庸小說》）。雖未全中，亦相去不遠。

最後一首《水龍吟》，恍如在寫一個熱中於名利權位的強人，原本準備幹一番大事業，縱是血流成河亦在所不惜。而中間穿插著一段哀怨纏綿熱戀，強人忽然得真愛感召，寧願捨棄榮華富貴，置生死於道外，一舉化解干戈。詞意氣勢旁薄，真如龍吟虎嘯。

梁羽生的小說意境本就不及金庸甚遠，回目中的對聯雖然工整，卻頗乏意境。

補記：

這裡稍稍談論金庸小說中出現過的詩詞，包括作者引用前賢經典和自撰的作品。後來有了「金庸詩詞學」這個「金庸學研究」入面的重要分支。

讀者諸君如有興趣，可參考筆者「金庸詩詞學」四部專著：

《金庸詩詞學之一：雙劍聯回目　附各中短篇詩詞巡禮》。

《金庸詩詞學之二：倚天屠龍詩　附射鵰三部曲詩詞巡禮》。

《金庸詩詞學之三：天龍八部詞　附天龍笑傲詩詞巡禮》。

《金庸詩詞學之四：鹿鼎回目　附一門七進士叔姪五翰林》。

四書都在本年內刊行，當中《鹿鼎回目》是舊作的增訂版，算是《解析鹿鼎記》的替代產品。「二」與「三」則算是《解析倚天屠龍記》和《解析天龍八部》的替代產品。這樣安排，勉強算是從另一個方向完成原先的寫作計劃，願讀者體諒，勿怪潘國森「寒盟悔約」也！

國森記

二〇一九

比行文

羅先生並未有比較兩位作者的修辭技巧，單就修辭而言，顯然是金勝於梁。梁羽生行文較多西化語法，而且精粗互見，現代感又較濃，缺少了一點古意。說到駢文更是梁不如金，故單就兩位的小說裏修辭而論，似乎還應該說梁羽生受西方文藝的影響較深；金庸反而受傳統中國文學的影響更大。如《神鵰俠侶》寫洪七公雲遊嶺南：

> 那百粵之地毒蛇作羹，老貓燉盅，斑魚似鼠，巨蝦稱龍，肥蠔炒響螺，龍虱蒸禾蟲，烤

小豬而皮脆，煨果貍則肉紅，洪七公如登天界，其樂無窮。

《神鵰俠侶》第十回〈少年英俠〉

這樣洗鍊的文筆，以梁羽生才識之高，當然也不是寫不出來，只是在其小說中極為罕見。同是寫境，手法亦截然不同。梁羽生的《塞外奇俠傳》有一段寫回疆俠女飛紅巾正準備公審自己的愛侶兼叛徒押不盧，塞外夜色是：

仲夏夜的草原，天空特別明淨，滿天星斗，像一粒粒的寶石嵌在藍絨幕上，遠處雪山冰峰，矗立在深藍色的夜空中，像水晶一樣閃閃發光。

而《射鵰英雄傳》中寫郭靖夜登倚在撤麻爾罕城的禿木峰，與黃蓉相會，則是：

……只見那山峰頂上景色瑰麗無比，萬年寒冰結成一片琉璃世界，或若瓊花瑤草，或似異獸怪鳥，或如山石嶙峋，或擬樹枝椏槎。郭靖越看越奇，讚嘆不已。

《射鵰英雄傳》第三十七回〈從天而降〉

比較兩人的文筆，可見梁羽生是刻意用淺白的白話文來寫，行文較為「西化」；而金庸的筆法更近傳統，多了一點「古意」。我想喜歡古文多過白話文的讀者會更欣賞金庸的修辭。同樣是說「冰」，一個以水晶為喻，一個則說琉璃，若論孰中孰西，誰今誰古，似乎羅先生的評語是把金梁兩位互相掉換錯了呢！

王國維先生謂：「散文易學而難工，駢文難學而易工。」究竟用散文寫景比較合適，還是駢文比較合適呢？我以為這是作者對自己個人風格的取捨，上引兩位作者寫的景都「豁人耳目」，但是武俠小說既以古代為背景，金庸的駢散體當比梁羽生的語體較為合適。

而且梁羽生小說亦過於刻意照顧中文水平較低、又或者是年紀太幼的讀者，對一些不甚冷僻的詞語也即時在原文加括號註解。這樣做法當然會影響文章連貫性，也是比較「偷懶」的做法。如《塞外奇俠傳》中作者就覺得「斥堠」、「驛站」和「過節」等詞對於一般讀者來說是冷僻了些。

梁羽生又恐防讀者記心不好，常於人物情節的前因後果，三番四次的重述，如女俠飛紅巾受押不盧所騙一事，到了《七劍下天山》還再不厭其煩的交待了幾次之多。凡事有一利亦必有一敝，梁羽生小說中人物情節因而絕少出錯，而金庸就間有大意之失。如《神鵰俠侶》中一燈的首徒，時稱「點蒼漁隱」，間作「泗水漁隱」，兩地一在雲南，一在山東，相隔太遠。《鹿鼎記》中天地會的高彥超，經常變作「馬彥超」，連姓氏都不清不楚。

金庸對一些較冷僻的詞語就比較少用加括號註解的辦法，而盡量將必須的解說與小說原文融為一體。許多時甚至不連一些較不常用的詞語，以及較為複雜的概念不加任何解說。故此陳世驤先生有「意境有而復能深且高大，則惟須讀者自身之才學修養，始能隨而見之」之說。

如《天龍八部》寫少林派的玄苦大師被人（其人為蕭遠山）偷襲，卻不肯說及兇徒的年歲形貌，言道：

「小弟受戒之日，先師給我取名為玄苦。佛祖所說七苦，乃是生、老、病、死、怨憎會、愛別離、求不得。小弟勉力脫此七苦，只能渡己，不能渡人，說來慚愧。這『怨憎會』的苦，原是人生必有之境。宿因所種，該當有此業報。眾位師兄、師弟見我償此宿業，該當為我歡喜才是。」

《天龍八部》第十八回〈胡漢恩仇　須傾英雄淚〉

在屋外的喬峰（那時還只是喬峰，不算是蕭峰）自是聽不懂他恩師的「佛家言語」，如果讀者對佛學沒有興趣，不知道甚麼是「宿業」、甚麼是「怨憎會」，也就不能領略箇中「三昧」了。數年之前我才算是略為知道這「怨憎會」是怎麼樣的一回事，再聯想到玄苦與逍遙派康廣凌的方外之交，更覺得這個只出過一次場的人物十分可愛，寫得實在高明。

梁羽生偏好詩詞，於小說中亦從不自撰「武功秘笈」。金庸則反是，且每多佳作，如《倚天屠龍記》中，覺遠圓寂前背誦的《九陽真經》：

「……彼之力方礙我之皮毛，我之意已入彼骨裏。兩手支撐，一氣貫穿。左重則左虛，而右已去，右重則右虛，而左已去……

……氣如車輪，週身俱要相隨，身便散亂，其病在腰腿求之……

……先以心使身，從人不從己，從身能從心，由己仍從人。由己則滯，從人則活。能從人，手上便有分寸，秤彼勁之大小，分厘不錯；權彼來之長短，毫髮無差。前進後退，處處恰合，工彌久而技彌精……

……彼不動，己不動，彼微動，己已動。勁似寬而非鬆，將展未展，勁斷意不斷……

……力從人借，氣由脊發。胡能氣由脊發？氣向下沉，由兩肩收入脊骨，注於腰間，此氣由上而下也，謂之合。由腰展於脊骨，布於兩膊，施於手指，此氣之由下而上也，謂之開。合便是收，開便是放。能懂得開合，便知陰陽……」

《倚天屠龍記》第二回〈武當山頂松柏長〉

這樣精緻的文筆，再加上說來頭頭是道的投擊理論，雖然都是杜撰，但讀者自然會覺得武林中人不顧一切去爭奪的「武功秘笈」大概就是這個模樣的。金庸在武打設計之上亦多次應用了這套「後發制人，先發制於人」的哲學，如後來張無忌以當場即學即用的龍爪手破了少林派空性的龍爪手。在《天龍八部》又再依樣葫蘆，寫蕭峰在聚賢莊一役，以太祖長拳，後發先至，打敗了少林寺的玄難。

或許梁羽生太過偏愛於詩詞，對正文的修辭用功較少，又或許是故意要用白話文來寫，故此在小說中表現出來的文字技巧就與金庸相去頗遠了。

補記：

金庸在《倚天屠龍記》講述的《九陽真經》，有相當部份其實抄自傳世的「太極拳經」，可參考拙著《武論金庸》，有更深入分析。這段文字不是金庸本人寫得好，只是他抄得高明。

國森記

二〇一九

比正派

於人物描寫，羅先生謂：「朋友們讀金庸小說，都有同一的感覺，『金庸寫反面人物勝於寫正面人物，寫壞人精彩過寫好人。』……」

其實金庸筆下的正面人物亦多有塑造得十分出色的，如《倚天屠龍記》武當七俠中的二俠俞蓮舟就是一例。《倚天屠龍記》以張無忌和明教群豪為主角，粗心大意的讀者可能連武當七俠是那七人也記不全，更遑論欣賞作者精心經營一個「外剛內熱、嫉惡如仇」俠客形象的技巧了。

作者先點出俞蓮舟是武林中的第一流人物：

……宋遠橋、俞蓮舟等雖是武當派中的第二代弟子，但在武林之中，已隱然可和少林派眾高僧分庭抗禮。

《倚天屠龍記》第八回〈窮髮十載泛歸航〉

俞蓮舟如何了得呢？作者也不必用武打場面來交待，卻用側寫的手法，借崑崙派西華子的感受去描繪出來：

「西華子見他聽了自己這兩句話後，眼皮一翻，神光炯炯，有如電閃，不由得心中打了一個突：『我師父和掌門師叔是本派最強的高手，眼神的厲害似乎還不及他。』俞蓮舟眼中精光隨即收歛……西華子給他適才眼神這麼一掃，心膽已寒……」

「眼神一掃，心膽已寒」，豈非「不戰而屈人之兵」？這就道盡了俞蓮舟不凡的氣度。西華子雖謂師父師叔的眼神只是「似乎不及」俞蓮舟厲害，其實已是承認了俞蓮舟的武功更高。讀者若再聯想到後來何太沖出場時的派頭，兩相比較，就可見作者烘雲托月的技法何等高明了。

俞蓮舟的武功極高，怎生高法呢？原來是七俠中的第一，比大師兄宋遠橋還要強：

俞蓮舟道：「弟妹，你可知我恩師在七個弟子之中，最喜歡誰？」殷素素笑道：「他老人家最得意的弟子，自然是你二伯。」俞蓮舟笑道：「你這句話可言不由衷，心中明明知道，卻故意說錯。我們師兄弟七人，師父日夕掛在心頭的，卻是你這位英俊夫郎。」殷素素心下甚喜，搖頭道：「我不信。」

俞蓮舟：「我們七人各有所長，大師哥深通易理，沖淡弘遠。三師弟精明強幹，師父交下來的事，從沒有錯失過一件。四師弟機智過人。六師師弟劍術最精。七師弟近年來專練外門武功，他日內外兼修、剛柔合一，那是非他莫屬……」殷素素問道：「二伯你自己呢？」俞蓮舟道：『我資質愚魯，一無所長，勉強說來，師傳的本門武功，算我練得最刻苦勤懇些。』殷素素拍手笑道：「你是武當七俠中武功第一，自己偏謙虛不肯說。」

張翠山道：「我們七兄弟中，向來二哥武功最好。」

《倚天屠龍記》第九回〈七俠聚會樂未央〉

這樣一來既顯了俞蓮舟的謙遜，和旁人不容易察覺他幽默的一面，又顯了殷素素的黠慧，更乘便帶出七俠的特長。

而宋遠橋又怎樣「深通易理，冲淡弘遠」呢？作者善用篇幅，百忙中又借少林派空智大師的面相來做文章：

……空智大師卻是一臉苦相，嘴角下垂。宋遠橋暗暗奇怪：「常人生了空智大師這副容貌，若非短命，便是早遭橫禍，何以他非但得享高壽，還成為武林中人所共仰的宗師？看來我這相人之學，所知實在有限。」

《倚天屠龍記》第十回〈百歲壽宴摧肝腸〉

這相人之學屬於易學旁支，作者倒不去吹噓宋遠橋的本領，反而寫他自知不足，與「冲淡弘遠」的評語相呼應。

張三丰的百歲壽筵上，劍拔弩張，在庸手筆下，必然乘機大打一場。但金庸小說畢竟不落俗套，每每奇峰突起，出人意表。架打不成，張翠山夫婦反而在眾人面前自戕！作者又為武當派創造出「虎爪絕戶手」與「真武七截陣」兩門絕學，但在全書裏卻一次也不曾用過。為了說明俞蓮舟武功最高，這「虎爪絕戶手」自然要安排成是俞蓮舟所創，又乘機以說故事的形式倒敘了俞蓮舟如何苦心孤詣的創製這門狠辣霸道的絕學，點出俞蓮舟「潛心武學」，有時甚至可以說是近於魔道。

作者要將俞蓮舟塑造成一個「熱腸人」：

俞蓮舟外剛內熱，在武當七俠中最是不苟言笑，幾個小師弟對他甚是敬畏，比怕大師兄宋遠橋還厲害得多。其實他於師兄弟上的情誼極重……他心中早已定了主意，寧可自己性命不在，也要保護得師弟一家平安周全。

《倚天屠龍記》第九回〈七俠聚會樂未央〉

怎樣「外剛內熱」呢？作者透過張無忌的感受來寫：

俞蓮舟潛心武學，無妻無子，對無忌十分喜愛，只是他生性嚴峻，沉默寡言，神色間卻是冷冷的。無忌心知這位冷口冷面的師伯其實待己極好，一有空閒便纏著師伯問東問西。他生於荒島，陸地上的事物什麼也沒見過，因之看來事事透著新鮮。俞蓮舟竟是不感厭煩，常常抱著他坐在船頭，觀看江上風景。無忌問上八句十句，他便短短的回答一句。

小師弟對他如何敬畏呢？則借殷梨亭來道出：

「殷梨亭最怕二哥，知道大哥是好好先生，容易說話，二哥卻嫉惡如仇，鐵面無私……」

為了張翠山一家又是如何的義無反顧呢？這次則以行動表示：

「武當七俠自下山行道以來，武藝既高，行事又正，只有旁人望風遠避，從未避過人家。近年來俞蓮舟威名大震，便是崑崙、崆峒這些名門大派的掌門人，名聲也尚不及他的響亮，但這次見到兩個無名小卒的背影，便不願在富池口逗留，自是爲了師弟一家三口之故。」

俞蓮舟既是「熱腸人」，於是在萬安寺中「百尺高塔任回翔」，第一個跳下來的便更非俞蓮舟不可：

張無忌見煙火瀰漫，已燒近眾高手身邊，眾人若再不跳，勢必盡數葬身火窟，提聲叫道：「俞二伯，你待我恩重如山，難道小姪會存心相害嗎？你先跳罷！」

俞蓮舟對張無忌素來信得過，雖想他武功再強，也決計接不住自己，但想與其活活燒死，還不如活活摔死，叫道：「好！我跳下來啦！」縱身一躍，從高塔上跳將下來。

《倚天屠龍記》第二十七回〈百尺高塔任回翔〉

張無忌不叫「沖淡弘遠」的宋遠橋先跳，也不叫「機智過人」的張松溪或粗曠豪邁的莫聲谷，這個恐怕是刻意的安排。記心好的讀者一定會記得後來在少林寺張無忌持屠龍刀領導群豪與元兵交鋒，召集輕功高手作疑兵，第一個站出來老老實實聽令的就是張松溪（見第四十回〈不識張郎是張郎〉）。

金庸最擅長刻劃人物的內心世界，「屠獅大會」寫俞蓮舟與殷梨亭眼看敵不過周芷若的長鞭利爪，手足情深，可見俞蓮舟智勇相全，將人類捨己為人的崇高情操寫得淋漓盡致：

俞蓮舟適才竭盡全力，竟然無法從她的鞭圈中脫出，心下好生駭異。他愛護師弟，心想：「我跟她鬥上一場，就算死在她的鞭下，六弟至少可瞧出她鞭法的端倪。他死裏逃生，便多了幾分指望。」回手去接殷梨亭手中的長劍。殷梨亭……和師兄是同樣的心思，寧可自身先攖其鋒，好讓師兄察看她鞭法的要旨，當下不肯遞劍，說道：「師哥，我先上場。」

俞蓮舟向他望了一眼，數十載同門學藝、親如手足的情誼，猛地裏湧上心頭，心念猶似電閃，想起俞岱巖殘廢、張翠山自殺、莫聲谷慘死，武當七俠只賸其四，今日看來又有二俠畢命於此，殷六弟武功雖強，性子卻極軟弱，倘若自己先死，他心神大亂，未必能再拚鬥，尋思：「若我先死，六弟萬難為我報仇，他也決計不肯偷生逃命，勢必是師兄弟二人同時畢命於斯，於事無補。若他先死，我瞧出這女子鞭法中的精義，或能跟她拚個同歸於盡。」當下點頭道：「六弟，多支持一刻好一刻。」

《倚天屠龍記》第三十八回〈君子可欺以其方〉

《倚天屠龍記》以亦正亦邪的明教為主體，讀者確是很容易便忽略了書中正派俠士，如細心欣賞，又怎能說這堂堂正正，光明磊落的武當二俠便不及那亦正亦邪的光明二使、護法四王呢？如此刻劃入微的二、三線配角，在梁羽生的小說中的主角亦不容易見到。

補記：

《倚天屠龍記》武當七俠的來歷，筆者在《武論金庸》再有介紹。金庸以最多筆墨去經營二俠俞蓮舟這個角色。小說中的人物性情，不應該由作者一個人、一張嘴，用三言兩語簡單的形容去定論；應該以此角色在書中所有言行的總和，再加與書中其他人物的全部互動，才可以綜合評斷。

如上述比較，梁羽生算是疏於經營，經常只一兩句說話就當為可以交代某個角色的人物性情。與金庸細心安排差不多每個角色的唸白一比併，用功的深淺廣狹，對於我們讀書仔細的讀者來說，實是一目了然。

國森記

二〇一九

比俠客

羅先生又謂：

……金庸擅長寫邪惡的反派人物，梁羽生則擅長於寫文采風流的名士型俠客，佯狂玩世，縱性任情，笑傲公卿的一類人物。

如上所述而又寫得可與金庸筆下人物相比的，就似乎只有《雲海玉弓緣》的金世遺一人而已，《狂俠．天驕．魔女》中的狂俠「笑傲乾坤」華谷涵反而名不副實了。但是真正「佯狂玩世，縱性任情」的卻是《笑傲江湖》的令狐冲，金庸在創作這個人物時有沒有受到羅、梁兩位的影響就不得而知了。

但羅先生此文面世時金庸作品中真正的「狂俠」只有《神鵰俠侶》的楊過一人。華山之顛重新定立五絕時，黃蓉給楊過一個「狂」字，楊過也認為「說得好」。倪匡先生畢竟對黃幫主有點兒成見，認為楊過不「狂」，應稱為「西聖」。

「神鵰大俠」雖然品格高尚，大仁大義，但還不至於「聖」的地步，只能是次一級的「狂」。此處「狂」字並無貶義，狂妄、狂暴當然不好；狂狷，狂直卻是好的品質。而狂人、狂士、狂生、狂客、狂夫等詞亦有正反兩面的意義，李白詩：「我本楚狂人，鳳歌笑孔丘。」而評李白為「天上謫仙人」的賀知章晚年自號「四明狂客」，《新唐書》說賀「晚節尤誕放，遨嬉里巷」，活脫是一個老頑童的模樣。

「狂」除了解作不羈之外還有甚麼好的意思呢？《論語》有謂「子曰：『不得中行而與者，必也狂狷乎？狂者進取，狷者有所不為。』」儒家重視「中庸」之道，故此孔子說若覓不得能行中庸之道的人傳道，則取狂者；狂者亦不可得則取狷者。於「狂者」朱熹復演衍為「志極高而行不掩」，以「西狂」贈楊過不是十分貼切麼？另外又有一大巧合，原來楊花又有一個不常用的別名正好叫作「狂客」，那真是天造地設了。

說到正派人物，我倒認為梁羽生筆下的「英雄兒女」，有些時行為之乖張，往往令人側目。如《七劍下天山》的天山諸劍客的言行舉止就太過不近人情了。比如要營救易蘭珠、營救凌未風，一眾「反清抗暴」的英雄兒女出生入死，奮不顧身自應是義無反顧，但對納蘭容若與三公主的諸多要求就是強人所難了。

七劍中的張華昭鍾情於易蘭珠，致書單戀他的三公主求助：

落拓江湖，飄零蓬梗，託庇朱顏。承蒙贈藥之恩，乃結殊方之友，方恨報答之無由，又有不情之請托。此女賊雖君家之大仇，實華昭之摯友。朝廷欲其死，華昭欲其生，彼若傷折，昭難獨活。公主若能援手，則昭有生之年，皆當銘感。

這張華昭如果還算是一個身負武藝的血性男兒，應該不惜一死，親身去營救自己的愛侶。若然救不到大可自殺殉情；或矢志復仇，終身不娶，以報紅顏知己。怎能利用一個傾慕於己的弱質女流？而幽居深宮的少女又有多大的能耐，可以搭救行刺親王的凶徒？三公主傾愛於此懦夫，當真是有眼無珠。

三公主原本不願相助，傳書的說客冒浣蓮長的不知是一副怎麼樣的心腸，曉以「大義」，令純潔無知的少女入彀：

公主本來就對昭郎有恩，若再幫他完成心願，他會感激你一輩子。公主不管此事，與昭郎往日交情，付之流水，這還不可惜麼？

「英雄兒女」理當恩怨分明，這張華昭受人恩惠，不思報答，反而再作無理要求，忘恩負義，非人也！冒浣蓮又說出與她自己與桂仲明相戀之事來打動她，利用了一個身不由己的善良小女孩那份一廂情願的癡情。結果三公主盜得「朱果金符」，讓凌未風去救人，卻被康熙發覺而賜死。天山諸劍客對此好像無動於衷，未免太也冷血了一些。而張華昭可曾為這朵可憐的「禁宮花」下過一滴淚呢？或許是作者疏忽，好像全然忘記了。作者的原意恐怕是要寫康熙的冷酷和生於帝皇家的不幸，卻顯出了天山諸劍客的無情無義，在情在理這夥人實在應該攜這三公主出走。

易蘭珠是「塞外奇俠」楊雲聰與「滿族第一美人」納蘭明慧之女，她的「民族覺醒」和「階級立場」令人咄咄稱奇。此外她姓易不姓楊也令人費解。楊雲聰的遺書寫道：

> 寶珠吾女，當你閱此書時，當已長大成人。你父名楊雲聰，你母名納蘭明慧，你父是抗清義士，你母是皇室中人，改嫁迫於父命，不必責怪。惟彼所嫁者乃國人之敵，胡虜元兇，你學成劍法，定須手刃此獠，以報父仇，並除公敵。若見你母，可以此書交之，令伊知你父非不欲伊晚年安樂，而實為國家之仇不能不報也。其餘你未明之事，可問你之祖師與攜你上山之叔叔，父絕筆。

楊雲聰的民族立場既是如此堅定，那就不應與「胡虜美女」幹出苟且之事，自陷孽網，命喪荒郊亦不能怪罪於多鐸。此人不仁不智，有負大俠之名。而易蘭珠有一半滿人血統，竟然深明大義到這個地步，也不合情理。納蘭明慧亦反反覆覆，她既然不愛多鐸，大可與楊雲聰私奔。既然從了父命，就沒由來的強要多鐸不去「仇人」之女傷害易蘭珠，任其宰割，如此不貞不義，與楊雲聰倒是匹配！

羅先生又將納蘭容若與冒浣蓮的交誼，跟楊過、郭襄的一段情相提並論，羅先生寫道：

冒、納二人彼此憐才，品茗夜話，感情寫得非常含蓄，意境也很超脫。

依書中的描寫，冒浣蓮其實是利用了納蘭容若的感情。為了救易蘭珠，她求納蘭容若約見三公主，竟稱易蘭珠為「無辜」。納蘭容若原本不願，她便冷嘲熱諷，侃侃而談。納蘭容若身為滿人，如此的「深明大義」，也就令人莫明其妙了。後來反戰的納蘭容若被迫隨軍出征，傅青主與冒浣蓮喬裝到清軍營前「索償」，立刻便碰上了納蘭容若，巧合得難奇。求他協助營救「曾令當今皇上寢食不安的凌未風」，更是過份。

一夜長談，冒浣蓮以詞相贈，作者解釋詞意：

……我們現在仍是處在不同的兩個敵對集團，除非是世界變了，清兵退出關了，我們的友誼才能自由的生長……

果如是則冒浣蓮的品格就十分卑下，她自己要盡忠，卻三番四次的要求「摯友」背叛族人。如果冒浣蓮有當納蘭容若是朋友，那怕只是萍水相逢的普通朋友，就不應該去軍營找他。冒浣蓮應該清楚記得自己曾用利劍指嚇過納蘭容若的主子，當今的皇帝康熙；她更應該記得可憐的三公主是怎樣死的。所謂「己所不欲，勿施於人」，冒浣蓮一再以可望而不可即的所謂「友誼」來利用納蘭的感情，實非俠義道的所為了。是「友善柔」而不是「友諒」了。

說到兩人講論詞學亦見生硬，書中寫冒涴蓮初會納蘭容若，二人見解一致，故此納蘭容若有一見如故之感。我說此段生硬是因為作者一直在寫白話文，至此冒涴蓮忽然間談吐大變，馴雅起來，與原文就顯得格格不入了。倒像是拿著文學史的教科書念口簧一般。

看看《射鵰英雄傳》寫黃蓉與陸乘風的一段交往，就大不相同了。先是黃蓉郭靖在太湖初遇泛舟垂釣的陸乘風，黃蓉高歌一首《水龍吟》的上半闋，陸乘風立時接唱下半闋相和，黃蓉的歌聲凄切，陸乘風的歌聲則「激昂排宕，甚有氣概」。

陸乘風說道：「湖上喜遇佳客，請過來共飲一杯」。黃蓉答得甚為得體：「只怕打擾長者」。陸乘風卻是盛意拳拳，說道：「嘉賓難逢，大湖之上萍水邂逅，更足暢人胸懷，快請過來。」坐下來之後黃蓉謙稱：「放肆高歌」，「有擾長者雅興」。陸乘風卻說：「得聆清音，胸間塵俗盡消」。二人對答儒雅，令人有如沐春風之感。然後方才講論詩詞，說到「使行人到此，忠憤氣填膺，有淚如傾」，陸乘風便即「連斟三杯酒，杯杯飲乾」。這才算得上是長詩佐酒呢！此時作者才寫道：「兩人談起詩詞，甚是投機」，就顯得合情合理、有根有據了。最後還再點出黃蓉年紀輕，原本不甚體會詞中深意，不過將乃父的見解依樣葫蘆，讀者至此便更能入信了。

最後陸乘風直言黃蓉是自己「生平第一知己」，卻是為了黃蓉講論岳飛的一首《小重山》和陸乘風的一幅水墨畫。岳飛的詞表達出「壯志難伸、彷徨無計」的心情，而陸乘風的書畫卻「一腔憤激，滿腹委曲」，不合岳飛原意，境界不高。陸乘風的書畫境界不高，但金庸寫情的境界就十分超脫了。黃蓉與陸乘風的交往是不是比納蘭容若與冒浣蓮的相識更高明呢？

梁羽生筆下的俠客多有不足之處，金庸筆下的「俠」就大大的不同，以《神鵰俠侶》中的郭靖寫得最好，大仁大義，大智大勇。華山之顛，再定五絕之位，郭靖以「北丐」洪七公傳人承繼北方一絕，周伯通問起「北丐」的招牌怎改：

> ……朱子柳道：「當今天下豪傑，提到郭兄時都稱『大俠』而不名。他數十年來苦守襄陽，保境安民，如此任俠，決非古時朱家、郭解輩逞一時之勇所能及。我說稱他為『北俠』，自當人人心服。」
>
> 《神鵰俠侶》第四十回〈華山之巔〉

郭靖一言一行令人折服，寫得有條有理。楊過率領一群高手焚燒蒙古軍在南陽城中的糧倉草場，作為給郭襄十六歲生日的禮物：

> 郭靖眼見北方紅光越沖越高，擔心起來，向樊一翁道：「出手的豪傑都能全身而退麼？可須咱們前去接應？」樊一翁心道：「郭大俠不問戰果，先問將士安危，果然是仁義過

人。」

郭靖的胸襟風度，令人想起《論語》所載的「廄焚。子退朝，曰：『傷人乎？』不問馬。」

《神鵰俠侶》第十十六回〈獻禮祝壽〉

於是連相交不深的樊一翁也要衷心佩服。

而十六年前與楊過共赴忽必烈的「死亡之宴」，更連敵人也折服，先是忽必烈大套交情，以祖父成吉思汗、父親拖雷的故人情誼打動郭靖，卻被郭靖以大義相拒。本以為郭靖「忠厚質樸，口齒遲鈍」，便誇言弔民伐罪，欲以狡詞誘騙這位世叔，豈料對方竟是「辭鋒銳利」，大出意外。不知「大智若愚」，郭靖立場之堅定一如磐石，子曰：「唯上智與下愚不移。」信焉！誠古人所謂「富貴不能淫，貧賤不能移，威武不能屈」之大丈夫也！

忽必烈表面上敬酒送客，暗地裏早安排了天羅地網，卻被郭靖「大袖一揮」，令眾人酒碗盡碎，面目無光。郭靖出得帳來，更大顯威風，舉手投足間摔倒預先埋伏的八名好手：

……一千名官兵個個精擅摔跤，見郭靖手法利落，一舉將八名軍中好手同時摔倒，神技從所未見，不約而同的齊聲喝采。

郭靖向眾軍一抱拳，除下帽子轉了個圈子。這是蒙古人摔角獲勝後向觀眾答謝的禮節，眾官兵更是歡聲雷動。……

單是武藝高強也不能服眾，郭靖勝而不驕，是以德服人的王者，絕非以力服人的霸者。

《神鵰俠侶》第二十一回〈襄陽鏖兵〉

郭靖大智若愚，許多時連黃蓉也大大不如，蓋過目不忘、聰敏機變只是小智；擇善固執、不離不棄方為大智。黃蓉曾有此一問：「大武好些呢，還是小武好些？」一問一答顯盡郭靖的智慧：

只聽郭靖「嗯」了一聲，隔了好久始終沒有下文，最後才道：「小事情上是瞧不出的。一個人要面臨大事，真正的品性才顯得出來。」

《神鵰俠侶》第十二回〈英雄大宴〉

郭靖之勇，是「大勇若怯」的勇，而決不是暴虎憑河的匹夫之勇。金輪法王多次使激將法都無效用，先是郭襄姊弟出生之日：

……（金輪法王）高聲叫道：「郭靖啊郭靖，枉為你一世英名，何以今日竟做了縮頭烏龜？」

他連聲叫陣，要激郭靖出來，到後來越罵越厲害，始終不見郭靖影蹤，心想：「襄陽數萬戶人家，怎知他躲在何處？此人甘心忍辱，一等養好了傷，再要殺他便難了。」

《神鵰俠侶》第二十二回〈危城女嬰〉

再是十六年後，縛郭襄於高台之上相脅：

……他（金輪法王）素知郭靖深明大義，決不肯為了女兒而斷送襄陽滿城百姓，是以出言相激，盼他自逞剛勇，入了圈套。但郭靖怎能上他這個當，說道：「韃子若非懼我，何須跟我小女兒為難？韃子既然懼我，郭靖有為之身，豈肯輕易就死？」

法王冷笑道：「人道郭大俠武功卓絕，驍勇無倫，卻原來是個貪生怕死之徒。」他這激將之計若是用在旁人身上，或能收效，但郭靖身繫合城安危，只是淡淡一笑，並不理會。

《神鵰俠侶》第三十九回〈大戰襄陽〉

法王激郭靖不成，卻惱了一燈門下的一「漁」一「耕」，二者之勇高下立判，成了強烈的對比。

而一身俠骨，尚需配以一副柔腸，襄陽城中迴避強敵，郭靖重傷未癒，黃蓉臨盆在即，乍聞金輪法王迫近：

郭靖臉色微變，順手一拉黃蓉，想將她藏於自己身後。黃蓉低聲道：「靖哥哥，襄陽城要緊，還是你我的情愛要緊？是你身子要緊，還是我的身子要緊？」

郭靖放開了黃蓉的手，說道：「對，國事為重！」

《神鵰俠侶》第二十二回〈危城女嬰〉

中年後的郭靖不惑、不憂、不懼、不棄、不移，是智者、仁者、勇者，是義士，是大丈夫。「北俠」之稱，「自當人人心服」！

梁羽生筆下的俠客就遜色得多了。《白髮魔女傳》寫明熹宗的乳娘客氏之女客娉婷對玉羅剎一見傾心，卻連作者自己也說不出一個「所以然」來。《七劍下天山》裏七劍之首的凌未風亦寫得不成功。書中所見凌未風武功雖高，為人卻容易動怒，器小易盈，不可一世。作者卻說凌未風的魅力之高，竟然可以得到清廷的年輕侍衛的尊敬，令周青與馬方為他背叛，寫來沒有太大的說服力，縱觀全書，完全無跡可尋，只能算是作者的一廂情願。

而玉羅剎與天山諸劍實多暴虎馮河之舉，即朱子柳所謂「逞一時之勇」而不計後果。如《白髮魔女傳》寫玉羅剎好勝逞強，致令鐵珊瑚玉殞香銷，事後亦不見有多大悔意；又如《塞外奇俠傳》寫飛紅巾身為南疆各族抗清盟主，竟與楊雲聰一起犯險，要去生擒楚昭南。《七劍下天山》的凌未風亦多燥決之舉，連凌未風也是寫得如此的淺薄（此處是與金庸相比，自然要十分嚴格），毫無大將之風，那麼大反派的楚昭南就只能有如小丑了。

補記：

文學研究，仍不脫學術研究的一個分支。

筆者只能算是業餘從事學術研究，多年遊戲，便領悟到許多研究項目，其實是先有結論，再去搜證，這樣反而是「正途」！當然，有少數研究的結果會與原先假設相違背，但是這樣的情況甚少，除非所有證據都不利於原先假設。

筆者的「金梁合論」，自然也是有了金庸遠勝梁羽生的結論，然後才去找「證據」，所得的「證據」又能成為「預設結論」的佐證，這樣就無必要質疑最初的假設。

應該要承認，潘國森並沒有讀完全套梁羽生武俠小說，只看過比較重要的幾部，如《狂俠天驕魔女》、《萍蹤俠影錄》、《白髮魔女傳》、《塞外奇俠傳》、《七劍下天山》、《江湖三女俠》、《雲海玉弓緣》、《冰河洗劍錄》等。

還有一點要說明，對於廣大「新派武俠小說」讀者而言，梁羽生小說一看足矣！金庸小說則耐看得多，許多資深讀者會每隔幾年重讀心愛的金庸作品一次。這方面潘某人沒有數據可以提供，只不過就著有限的人際關係，可以斷言金庸小說迷會一讀再讀，梁羽生迷算是沒有麼用功勤力吧。

國森記
二〇一九

比歷史

至於情節上的錯誤，又要分開故事各部不相符與故事和歷史不相符兩類來說。……其實，與史實不相符的文字，出於史家的便是錯誤，出於文學家卻未必是錯誤。莎士比亞劇中這種例子可說是車載斗量，而現代學者編註這些劇本之時，只把事實註出來就算了，並不覺得需要嘲笑莎翁一番。……這樣……內容更豐富了，藝術上的真實又不損，為什麼不可以？……

孫述宇《金瓶梅的藝術》

《射鵰英雄傳》有一節寫郭靖黃蓉得瑛姑指點，往訪一燈求醫，黃蓉與朱子柳以《山坡羊》對答。羅先生認為金庸令「宋代才女唱元曲」是鬧了笑話。上引孫述宇先生為《金瓶梅》作的辯詞十分合用，正好解答了羅先生的責難，也就「老實不客氣」的照抄了。《金瓶梅》是借北宋的時代背景，揭露明代社會的黑暗面，書中的世界其實是屬於明代的，故此孫先生有以上的一番話。

梁羽生的小說，雖亦多有歷史背境配合，但取材過於草率大意，論時序就不及金庸小說的精確，兼且又不擅隱藏變通。

武俠小說的時間背景有一些「客觀」的限制，早不能早過漢末三分，遲不能遲過清中葉乾嘉。

為甚麼不能早過漢末呢？要知《三國演義》深入人心，總不成寫一個武林高手去跟那「三姓家奴」、「五虎上將」、許褚典韋之流交手。嚴格來說，最早甚至不宜早過隋唐，因為到了唐人傳奇裏的人物如虯髯客、空空兒等等方才較為接近現代的武俠技擊小說。

為甚麼又不宜遲過乾嘉呢？皆因自清中葉以後，中國國力大衰，被西方列強以利砲堅船敲開中國緊閉的大門，身懷絕藝的武林高手恐亦難以血肉之軀與西洋火器爭衡。況且乾隆中葉的武學宗師如洪熙官等人的事跡深入人心，而直到今天，那些在當時創製的拳術如洪拳、詠春等仍然流傳甚廣，小說作者受此限制就甚難發揮。梁羽生筆下的江海天、金逐流都活動在嘉慶以後，實有所不宜。

說到大意，如《塞外奇俠傳》寫納蘭明慧的母親勸女兒嫁多鐸，竟謂：「除了當朝太子，還有誰比得上他？」事實上順治與康熙兩代都是稚齡登基，清室入關之後的數十年皆無在適婚年齡的太子，作者是大意了些。此書以順治年間為背景，其時清室傾全力翦滅南明與流寇，勢力未至回疆，楊雲驄幫助回民抗清，實在太早了。

又如《七劍下天山》以清康熙年間為背景，此書以「塞外奇俠」楊雲驄命喪荒郊為楔子，第一回是十多年後的康熙十三年，吳三桂就在是年叛清。結局時是書中「數年之後」康熙遣十四貝勒入西藏，大反派楚昭南挾持主角凌未風，被後輩易蘭珠殺於布達拉宮。參照歷史十四貝勒入西藏是在康熙五十七年，也就是說梁羽生把四十多年的時空，當作數年來寫。略為改動時序和史實原本亦無傷大雅，只是梁羽生在此一關節未免太過粗心大意。問題就出在書中康熙的年歲之上，書的上半部將康熙寫成一個剛剛二十出頭的少年人，但到了下半部十四貝勒已經是統領大軍的主帥，在情在理起碼在二、三十年之後。要安排楚昭南死在布達拉宮與及將清軍入藏提前三、四十年本來無可無不可，但決不能由十四貝勒領軍，非改作他人不可。否則二十歲的少年人在幾年之間就生得出一個可領大軍的第十四子，那才是笑話呢！

金庸的《鹿鼎記》亦以康熙朝為背景，以鼇拜被囚、康熙親政開始，簽訂尼布楚條約、主角韋小寶豹隱告終。前者在康熙八年，後者在康熙二十八年，就是把二十年間的事當做不足十年間來說故事。中間發生的大事有十三年的吳三桂叛變，二十年吳世璠自殺、三藩亂平，二十二年平定台灣。與羅刹人開戰的一段的時序對當時中國本部的政局和整個故事影響不大，那麼由康熙親政到平定台灣鄭氏只共十四年，改動得不算太離譜。

《七劍下天山》又將康熙評為：「殘忍刻毒」（寫他弒父）和「好大喜功」，此說跡近於誣。梁羽生小說對清初康雍乾三朝經略蒙古、回部與西藏大肆評擊，實有欠史識。倘若「滿州韃子」不四出「侵略」，中國又焉有今日版圖？民初固然不必講甚麼五族共和，今天更不會有「一小撮」回民和藏民「不顧民族感情」，破壞「祖國」的統一了。因為缺少了康熙、雍正、乾隆三代的「好大喜功」，這些土地根本就不屬於中國的。

梁羽生的小說的另一特色是一面倒的歌頌「農民革民」，鞭撻差不多所有封建官主政權。做大官的除了抗拒異族入侵的邊臣之外沒有幾個好人。《白髮魔女傳》寫玉羅刹與李自成有一面之緣，便即揚言代明室天下的必是此人云云。這種描述借來了《虯髯客傳》中道士一見李世民便推棋認輸的筆法，一方面表示了玉羅刹「慧眼識英雄」，同時又肯定了李自成「農民革命」的成就。

但李自成入北京後軍紀敗壞，鐵證如山，無可推諉，所以兩個月後便兵敗出奔，一年後便眾叛親離。全盛時期亦只在北方竄擾，未成氣候，若非明室內外受敵，分兵山海關，以李闖的實力原本不足以陷京師。其功業論時間、論地域實在連五胡亂華時匈奴人劉聰、劉曜的破洛陽、長安而亡西晉，與及殘唐五代的朱溫終李唐國祚也大有不如，更遑論甚麼代明室得天下了。李闖之速敗，有論者謂在於吳三桂引清兵入關。雖然吳三桂狼子野心，但其降清的導火線卻是李自成失德，奪取了大美人陳圓圓。狎辱大臣，贈其一頂綠頭巾，豈是開基創業的明君所當為？孔子曰：「君使臣以禮，臣事君以忠。」吳三桂既有降意，若非李自成弄權好色，反覆多變，清人豈得收漁人之利？

《七劍下天山》甚至提出：清廷「不怕吳三桂，怕李來亨」的歪論。吳三桂雄踞西南，兵精糧足，清室窮八年之力方能平定，豈是一小股退入四川深山的流寇殘餘可比？吳三桂當然不是好東西，但是李自成、張獻忠之流又幾曾是英雄好漢？雖然近代有不少人為李自成翻案，但是張獻忠殘忍凶暴，入川後大施殺戮，川中百姓，十不存一，梁羽生對此則忌諱不談，視若無睹。更借石大娘之口（七劍中桂仲明之母）說出清軍入川之前，「就像住在世外桃源一樣。」實為笑話奇談。張獻忠屠蜀後不久即戰死，不管繼承人孫可望、李定國有甚本領，亦不論其如何經營，也不可能在數年之間將如同鬼域的四川變成為「世外桃源」。

時間錯得更嚴重的還有《狂俠・天驕・魔女》，故事開始時指明是宋高宗紹興二十九年（即一一五九年），而以成吉思汗死時為結局（其時為一二二七年）。據史實是隔了近七十年，但書中人物卻只度過了數年的時光。小說中的史實時序偏差十年八載還可接受，讀者亦不易察覺，但是人生大約三十年便是一個世代，誤差超過了兩個世代，實在太過大意了！書中人見過虞允文，又見過成吉思汗。相當於說某人既出席過中共一大（一九二一年），而又可以參加十三大（一九八七年），以一般的無稽。金庸的《射鵰英雄傳》亦以成吉思汗死時告終，而金庸指明郭靖生於一二〇〇年，以書中完結之時郭靖才剛剛二十歲出頭，偏差了六、七年，還不致太過「離譜」。

常言道「文人多大話」，就是說文學作品有時難免要誇大一點，常有不盡不實的描寫。廣府話有「大話怕計數」一語，意思是不盡不實的言論是經不起計算的，那怕只是粗略的計算。

《白髮魔女傳》寫楊雲驄七歲時上天山，數年後辛龍子初出場時約十二三歲，兩人年齡應該差不多，而卓一航大概三十來歲、何綠華則是二十左右的少女。但到了《塞外奇俠傳》楊雲驄才是二十四歲，但辛龍子了竟已是三十二、三的「中年人」，卓一航更近六十，但何綠華卻好像沒有長大過。卓一航竟然在此時才將何綠華送回中原，那麼何綠華的青春就無緣無故的葬送在天山了。

再算一算梁羽生筆下的天山派始創人霍天都的壽元，更是十分有趣。可從《萍蹤俠影錄》算起，此書的正文以明英宗正統十三年（即一四四八年）開始，此時張丹楓大概十八歲，就當他是一四三〇年出生罷。在《聯劍風雲錄》張丹楓因受了大魔頭喬北溟「修羅陰煞功」第九層的掌力，後來便壽不過六十，粗略估計應比弟子霍天都年長約三十歲，就當作霍天都是一四六〇年左右出生。霍天都的傳人是晦明禪師岳鳴珂，讀者應會記得岳鳴珂做過熊廷弼的侍衛。《白髮魔女傳》是以萬曆四十三年（即一六一五年）開始，就當岳鳴珂是一五九〇年出生，此時他的師父霍天都已是一百三十歲了！張丹楓是十五世紀中葉的人，他的徒孫卻是十七世紀的人，這不能不算是作者粗心大意了。

金庸比梁羽生聰明，沒有將書中人物的年齡寫得太過實在，如《射鵰英雄傳》結局時東邪黃藥師、西毒歐陽鋒、北丐洪七公、全真諸子、以及一燈大師的四大弟子漁樵耕讀全都是四十來歲的年紀；周伯通和一燈年紀較大，約在六十歲左右。據說《神鵰俠侶》原本是以楊過和小龍女在絕情谷分手為終結，因結局太慘再寫第二段十六年後二人重逢。於是《射鵰英雄傳》出過場而還未死的人物每人都要加多了約三十五歲！黃藥師、一燈、周伯通和慈恩（裘千仞）武功極高，雖然年紀同樣極高，還可以說得通，但丘處機和朱子柳等人也年近八十了！可是最不像話的還有丐幫的魯有腳和梁長老，初出場時已是「老丐」，此時更應年近九十了！

話分兩頭，既然魯有腳武藝如此平庸，竟也可以望九高齡任天下第一大幫的幫主，霍天都既是天下第一高手，活上一百五十歲也算「合情合理」罷。

所以我總覺得羅先生有意無意之中「抑金抬梁」呢！

補記：

孫述宇先生的小說評論作品很精妙，忍不住抄錄過來。

有些時候感覺真正吃「文學研究」、「文學批評」這行飯的專家學者很奇怪，金庸小說、梁羽生小說明明是「小說」，怎麼可能要求事事與歷史相符？有個別學院中的教授老師用放大鏡來看金庸小說的歷史背景，反而對一些打正「歷史小說」旗號的作品之不符史實顯得非常「包容」，怪哉！

梁羽生自己在「按歷史實背景寫小說」這方面沒有做得好，卻去批評「行家」兼最主要的競敵金庸的歷史多錯，未免「責人嚴而律己寬」了。

國森記

二〇一九

羅先生又謂：「……他（梁羽生）受中國傳統文化的影響較深的。」所謂「中國傳統文化」應該包含些甚麼東西呢？若就書論書而不談其他雜文，單看梁羽生的武俠小說，讀者實在看不出他有受到了儒釋道三家思想多大的影響，反而是處處被那舶來的「唯物史觀」所束縛。

論及梁羽生的小說中的「中國傳統文化」，於「儒釋道」三家落墨不多，甚至可說是除了詩詞之外，還是只有詩詞而已。舊社會的「中國才子」，當然以四書五經、詩詞文章是正業，但三教九流亦要精通。正業以外，還總得再加上一點彌漫著「封建主義殘餘」的資產階級的腐化生活習慣。說得再具體一點就是「詩詞歌賦，琴棋書畫，醫卜星相，嫖賭飲吹」之類的「雜學」。

先說儒家，儒家學說的終極目的正如班固所謂「儒家者流……助人君，順陰陽，明教化。」讀儒家的典籍是為了經世致用。孔子曰：「學而優則仕。」即是此意，受中國傳統文化影響、尤其是生在鴉片戰爭以前的讀書人，大都受儒家的思想指導，不管我們活在二十世紀的人是否贊同，事實卻是如此。

但是「唯物史觀」既把儒學定性為封建思想，梁羽生的小說就不能多談儒學，不能多談治道了。說是名士也只能是近於魏晉間憂讒畏譏，佯狂避世的名士，而決不是「衛護名教」的清議之士。

顧炎武謂：「八股之害，甚於焚書。」我想：「唯物之害，更甚於八股。」

讀者讀完梁羽生小說之後，對本國歷史文化恐怕生不起一種如國學大師錢穆先生所講的「溫情與敬意」。讀金庸小說則不然，甚至可以說金庸小說是以一種「欣賞」的角度去看待儒釋道三家學說和傳統文化，而梁羽生小說則是以「批判」的眼光來評論「封建」制度。

再說釋家，梁羽生本人對佛學其實亦有很深的認識，但他的小說於「惻隱佛理，破孽化癡」一方面，可以說差不多交了白卷。他筆下的高僧很少有闡揚佛法中的奧義，如《白髮魔女傳》寫晦明禪師開導卓一航，竟然不用佛法，卻引用了秦觀的一首《鵲橋仙》，當中有膾炙人口的「兩情若是長久時，又豈在朝朝暮暮」兩句。詞意本來也發人深省，但亦令人覺得這晦明禪師真是枉自敲經唸佛了。到了《七劍下天山》晦明禪師圓寂前方才說了幾句佛偈，作者也不忘鄭重指明：「佛經雖是一種唯心的哲學，但也有可採的哲學。」這恐怕是受了「唯物主義」的制肘，既是「唯心」的哲學，自必然只能「也有」一些可採而已，絕不能全都可採。馬克思說過：「宗教是人民思想的鴉片。」而佛家哲學畢竟仍是一種宗教的哲學。

最後是道家，梁羽生出身書香之家，文聲早著，弱冠前已從遊於名士宿儒，以他這樣學歷，不可能不讀老莊，但是他的小說之中卻少談老莊。說到因由，我想還是與他的少談佛法的一般無異。

既不能闡釋儒釋道三家思想，而又要談歷史，但又不得不反建制，剩下來的取向除了歌頌「農民革命」之外，就只有宣揚「民族大義」一途了。故此梁羽生小說一味販賣廉價的「民族大義」，為了抗清，天山七劍好些不顧仁義、不近人情的行逕都變成了理所當然了。

羅先生認為金庸後期的小說「正邪不分」而「回到《書劍恩仇錄》的路上才是坦途」，相反「梁羽生的小說沒有出現邪正不分，是非混淆的問題」。既認定滿清是侵略者，在任何情況下，自亦不能承認清政權。於是出自清室的種種舉措，全需鞭撻。

梁羽生小說有很大的部份以漢族與其他小數民族抗清為歷史背境。自《白髮魔女傳》開始，寫明末滿洲崛興，接下來《塞外奇俠傳》、《七劍下天山》、《江湖三女俠》，由滿清未入關寫到到女俠呂四娘刺殺雍正，以天山派諸劍客為主，可名之為「天山系列」。唐曉瀾以後天山派式微，系列的主線轉到金世遺、江海天（金世遺的弟子）、金逐流（金世遺的兒子）一門。他們一再協助新疆、西藏、西南的少數民族，繼續反清抗暴。

論《天龍八部》時，羅先生寫道：

……大是大非，總能夠分別的。我們都讀過一點中國歷史，總會知道契丹是侵略者，是侵略即「非」，是抵抗侵略即「是」。……金庸前期作品《神鵰俠侶》中，曾借郭靖之口說過一句大義凜然的話：「為國為民，俠之大者。」而在《天龍八部》中，卻又捧大殺宋國忠義之士，官居契丹南院大王（僅次於契丹皇帝的統治者）喬峰為英雄，這種混淆是非的刻劃，與他前期作品相去遠矣。

說來卻有點諷刺，梁羽生筆下的許多漢族劍客仇視滿人，一再幫助今天新疆和西藏的少數民族抗清，但事實上到了二十世紀的今天滿人卻被漢人完全同化，而昔日各族的「戰友」卻反將漢人視為「侵略者」。新疆近年仍有激進回民，要驅逐「侵略者」，爭取成立「東土耳其斯坦共和國」；而西藏青年在拉薩八角街頭揮舞雪山獅子旗，以石頭對抗現代化的槍械更是舉世皆知。

金庸塑造喬峰這樣的一個人物，原本就是為了要讀者從不同的角度去看待兩個民族之間的世仇，個人處身於民族糾紛之中，恐怕未必一定是侵略者即「非」，抵抗侵略者即「是」那麼簡單。從我們漢人的觀點來說，契丹人無疑是侵略者，蕭峰雖然是契丹高官，卻不願妄動干戈，「大殺宋國忠義之士」亦只是出於自衛。假如作者用不同的時空背景作小說的題材，比如說寫以色列人和阿拉伯人的仇殺、又或者寫南歐塞爾維亞人和波斯尼亞人的屢代仇怨，那麼對我們「漢語世界」的讀者來說就很難引起共鳴，感染力自然大大的減弱。

蕭峰體內流的是契丹人的血，卻自幼在中土長大，受的是仇恨遼國的教育，手上恐怕也染有不少同胞族人的鮮血。以這樣的一個人物，親眼見過戰爭殺戮之慘，作出反戰的言行，有說服力，亦有感染力。金庸的筆下已有了《射鵰英雄傳》貪圖富貴、認賊作父的楊康，與郭靖一善一惡作出對比，若然再寫一個在遼國長大、自以為是契丹人的漢人，試問又有何新意？民間故事中的「雙槍陸文龍」不就是在金國長大的漢人麼？難度還要寫一個陸文龍式的人物？

羅先生對《天龍八部》的觀感是「貫串著一條『人不為己，天誅地滅』的思想線索」。我想這是個很大的誤會，蕭峰在少林寺藏經閣中暢論自己身為封疆大吏的職責：

> ……我對大遼盡忠報國，是在保土安民，而不是為了一己的榮華富貴，因而殺人取地、建功立業。
>
> 《天龍八部》第四十三回〈王霸雄圖　血海深恨　盡歸塵土〉

一番擲地有聲的肺腑之言，連少林寺藏經閣中一如菩薩化身的那位高僧中的高僧亦大加讚許：

「善哉，善哉！蕭居士宅心仁善，如此以天下蒼生為念，當真是菩薩心腸。」

此意令人想起白居易的《新豐折臂翁》：

「君不聞開元宰相宋開府，不賞邊功防黷武。又不聞天寶宰相楊國忠，欲求恩幸立邊功。邊功未立生民怨，請問新豐折臂翁。」

這樣的一個大官總也不能算是壞人，總也不能不算是個好官，雖然不是漢人，似乎也值得一捧。

武俠小說如要多加一點歷史成份，總不能只有江湖仇殺，爭名奪利，還需要有些具歷史影響的情節。若不是開基創業，宣威遐邇；就要是安境守土，為國干城。

以抵抗異族侵略作者為武俠小說的題材，其實並不容易。歷史上北宋抗遼金，南宋抗金蒙，南明抗清等等最後都歸於失敗。悲壯是悲壯，但讀者卻不喜歡看見書中的主角屢戰屢敗，而最後國破身亡。金庸的《神鵰俠侶》就巧妙地將蒙古大汗蒙哥寫成戰死於襄陽城下作結局。反正都是不盡依據史實，守襄陽城的不妨當是郭靖，氣派就顯得宏大了。但是作者亦實不能改變襄陽城破、南宋覆亡的史實。以郭靖的忠義，他夫婦與兒子亦不能不以身殉國，可是如此情節作者不忍詳寫，讀者亦必不忍卒讀。在《倚天屠龍記》中輕輕一筆帶過，郭靖的結果也交待得清楚明白了，技法是十分高明。

梁羽生筆下抗清英雄的氣派就大大的不如了，《白髮魔女傳》裏的熊廷弼和袁崇煥都乏善足陳，《塞外奇俠傳》中的楊雲驄也不是「萬人敵」的大將。讀《白髮魔女傳》，讀者不覺得李來亨、李自成之流是甚麼英雄好漢；讀《七劍下天山》，亦不覺得劉郁芳的魯王舊部、和韓志邦的天地會有甚麼可歌可泣的事跡。小說中常強調「好生興旺」的農民革命，或是抗清基業，每每都是不堪一擊。畢竟史實如此，難於更改，故此梁羽生小說中極少戰爭場面。

反觀金庸在《射鵰》、《神鵰》中頌揚南宋抗蒙的事跡，人物雖多虛構，但讀者對郭靖、楊過卻生出一種景仰心。到了《鹿鼎記》時，除了韋小寶之外，書中人物大都是真有其人，安排得頗為巧妙。尼布楚條約的一段，更令人讀後感到說不出的痛快。

清室雖以異族入主中國，但漢化頗深。與帝俄首次交涉，實為中國近代史上一次吐氣揚眉的盛舉，成就此約的畢竟是當時中國唯一的「合法政府」，值得大書特書。

《鹿鼎記》以兩回的篇幅描寫此事，回目的詩句選得甚佳，「雲點旌旗秋出塞，風傳鼓角夜臨關。都護玉門關不設，將軍銅柱界重標。」顯出堂堂之陣，正正之旗，當國者佈置得宜，運籌帷幄，決勝千里，作者寫道：

這是中國和外國所訂的第一份條約。由於康熙籌劃周詳，全力以赴，而所遣人員又十分得力，是以尼布楚條約劃界，中國大佔便宜。約中規定北方以外興安嶺為界，現今蘇聯之阿穆爾省及濱海省全部土地盡屬中國，東方及東南方至海而止。雙方議界之時，該地區原無歸屬，中國所佔之地亦非屬於羅剎，但羅剎已在當地築城殖民，簽約後被迫撤退，實為中國軍事及外交上之勝利。約中劃歸中國之土地總面積達二百萬方公里，較之今日中國東北各省大一倍有餘。此約之立，使中國東北邊境獲致一百五十餘年之安寧，而羅剎東侵受阻，侵略野心得以稍戢。自康熙、雍正、乾隆諸朝而後，滿清與外國訂約，無不喪權失地，康熙和韋小寶當年大振國風之雄威，不可復得見於後世。

《鹿鼎記》第四十八回〈都護玉門關不設　將軍銅柱界重標〉

金庸又順勢借古諷今：

兩國欽差派遣部屬，勘察地形無誤後，樹立界碑。此界碑所處之地，本應為中俄兩國萬年不易之分界，然一百數十年後，俄國乘中國國勢衰弱，竟逐步蠶食侵佔，置當年分界於不顧，吞併中國大片膏腴之地。後人讀史至此，喟然嘆曰：『安得復起康熙、韋小寶於地下，逐彼狼子野心之羅剎人而復我故土哉？』

而代筆的一通上諭更見功力，反正歷史上的康熙以寬大見稱，不妨大拍馬屁：

「比來天時嚴寒，兵將勞苦，露宿冰雪，朕心惻然。韋小寶可率師南退，駐瑷琿、呼瑪爾二城休卒養士……諸統兵將軍須遵體朕意，愛護士卒，不貪速功。王師北征，原為護民，而兵亦民也。」

《鹿鼎記》第四十七回〈雲點旌旗秋出塞　風傳鼓角夜臨關〉

好一句「兵亦民也」！想到近代慘絕人寰的所謂「人海戰術」，軀邊民以原始「武器」直衝洋人佈下的槍林彈雨之中，最後雖然得以與洋人於談判桌上平起平坐，但傷亡慘重，功不抵過。主帥草菅人物，卻沾沾自喜，正是「一將功成萬骨枯」，勞師遠征又非為護民，良可嘆也！

金庸又異想天開，寫不讀書、不識字的主帥韋小寶以巧計破城，不損一兵一卒。令我回想少年時讀唐人李華的《弔古戰場文》：

周逐獫狁，北至太原，既城朔方，全師而還，飲至策勳，和樂且閑，穆穆棣棣，君臣之間。

故《鹿鼎記》實為武俠歷史小說的典範！

至於寫各種雜學，同樣是梁不如金。如寫神醫，梁羽生筆下的傅青主就及不上《飛狐外傳》的程靈素，《倚天屠龍記》的胡青牛與張無忌，《笑傲江湖》的平一指等人。至於卜、星、相是唯心主義的迷信，嫖、賭、吹更是資本主義、封建主義的腐化生活方式，就更不能在梁羽生小說中多見了。

說到傳統，我們不得不承認中國人（或者應該說是漢人）有重男輕女的傳統，所謂「不孝有三，無後為大」。我想今天居於香港的漢人算是比較看得開，不像古人一般的對絕嗣有莫名的恐懼。

不單止中國人重男輕女，其實歐美人亦復如是，只不過歐美社會女權一向較高，歐洲各國就出過不少女皇，二十世紀更有不少女總統、女總理出現，中國人則不甚喜歡由女人當權，貶稱之為「牝雞司晨」。

舊社會中來有大成就的人、甚至只是有小富貴的人都很少肯自行絕嗣，讀書人更尤甚，他們一般都千方百計的要多生男丁，現代人縱然不贊成這種心態，但卻不能否認在古時是人同此心的，武俠小說中的世界既是舊「封建」社會的世界，似不應常削古人之足去適今人之履。況且現代人亦不見得不重男輕女，只不過舊社會女權低，生不出男丁每每都歸咎於女方，而現代西方醫學進步，男方還是女方不育易於得知。

《神鵰俠侶》寫黃蓉第二次懷孕，夫婦二人商量為孩子取名，郭靖也是先想男的然後再想女的。黃蓉說道：「盼望是個男孩兒，好讓郭門有後。」郭靖立刻安慰妻子說男孩女孩都一樣，這自然是郭靖愛護妻子才有此說。

梁羽生筆下的劍客大都對這個大問題不甚關心，甚至對男女間的情愛也是抱有現代感甚濃的想法。如以玉羅剎與卓一航這一對，與及霍天都與凌雲鳳這一對為例，他們的感情並無第三者介入、又不是死別，卻選擇要硬生生的分開，無所事事的隱居。數十年感情上自我的折磨，恐怕不是古代的常人常情。

還有《七劍下天山》凌未風與劉郁芳的一對，凌未風為了少年時的一次過失，不肯與舊侶相認，既折磨自己，又折磨了劉郁芳。後來相認了，又為了單戀劉郁芳的韓志邦犧牲了性命而再分開。韓志邦自我犧牲原是為了要成全凌、劉二人的，他們卻要分開，豈不是教韓志邦死枉了？又如《江湖三女俠》沈在寬與呂四娘的一對，無緣無故的拖延二十年才結合。梁羽生筆下的劍俠好像對傳宗接代不甚關心。

補記：

梁羽生以「佟碩之」筆名發表的《金庸梁羽生合論》長期成為要惡評金庸的論者最重要的參考資料，看來梁羽生或有「悔其少作」之意。至於用筆名發表亦可能是上司交下來的任務，有不得已而為之之嘆。

這一章的作意，是為了平息紛爭。潘國森的意見，是金庸和梁羽生作為武俠小說家，兩人作品的總成績是在兩個有相當差距的不同高度上面。金庸作品遠勝梁羽生，雖則梁羽生仍然是二十世紀香港武俠小說的一位大家。

國森記

二〇一九

第四章　金古合論

推理與易容

與金庸小說相比，梁羽生小說失之於「濫」，詩詞濫、打鬥濫、國仇家恨濫。古龍小說亦是失之於濫，然而此濫不同彼濫，古龍之濫在於過命的交情濫、懸疑推理濫、易容術濫。而所謂「濫」，如果說得委婉一點則是「公式化」。

古龍原本力圖擺脫公式化的陳規，他曾寫有一篇《代序》論武俠小說，這篇代序好像並不是特別為那一部小說寫的，某一段時間常放在他的小說前面。他認為：

人性並不是僅是憤怒、仇恨、悲哀、恐懼，其中包括了愛與友情，慷慨與俠義，幽默與同情。我們為甚麼要特別著重其中醜惡的一面？

話雖如此，但知易行難，古龍小說對人性醜惡的一面常渲染得令人不安，小說中的「慷慨與俠義，幽默與同情」一律都只是留給「朋友」。像《飛狐外傳》中胡斐窮追鳳天南，《射鵰英雄傳》中江南七怪遠赴漠北，和《神鵰俠侶》中楊過營救小王將軍一類的情節就付闕如。《代序》又謂：

要求變，就得求新，就得突破那些陳舊的固定形式，嘗試去吸收。

古龍小說可歸類為「推理武俠小說」，其佈局恐怕頗受推理小說影響。部份作品恍如偵探小說一般，楚留香，陸小鳳都是偵破巨案的大偵探。可惜這兩個系列都是水準不穩，虎頭蛇尾。

如《楚留香傳奇》系列共有六個故事《血海飄香》，《大沙漠》，《畫眉鳥》，「薛衣人」的一段，《蝙蝠傳奇》和《桃花傳奇》。《蝙蝠傳奇》的佈局已覺牽強，《桃花傳奇》更是不知所謂。記得當年讀完之後，有一鼓莫名的憤怒，覺得是個大騙局，作者未免欺人太甚，實在太不負責任。如果不是為了「古龍」兩字，這《桃花傳奇》我一定讀不完。

又如《陸小鳳》系列的六個故事：《青衣樓》，《繡花大盜》，《皇城決戰》，《飛天玉虎》，《幽靈山莊》與《鳳舞九天》，當中以《皇城決戰》最佳，《鳳舞九天》最為拙劣，太不像話。

在每日連載的武俠小說運用「高明」易容術，對作者有很大的好處，尤其時古龍式的「推理武俠小說」。碰上時間緊迫，佈局難免馬虎，到半路中途不能先圓其說，怎辦？

不要緊，早幾天剛死了的隨時可以復生，易容術太精妙了：此事明明是某甲幹的，是主角親眼所見，卻原來是某乙易容假扮，主角也給騙過了，讀者又有甚麼辦法呢？全都做了傻瓜。

古龍小說中易容術用得太濫，而至於不合情理，人總有高矮肥瘦之別，體態豐滿的女子很難打扮成精瘦乾枯的衰翁或老嫗。偶一為之尚可，屢屢重覆就失真了。《陸小鳳》的公孫大娘易容術過於誇大，但到了《幽靈山莊》的犬郎君更屬無稽，人又豈能假扮為狗呢？那是太過份了！寫作前沒有通盤計劃，見一步行一步。到了自相矛盾時，或則濫用易容，或則突然告訴讀者主角早已與人「預先約定」。這「理」又教讀者如何可「推」？此為古龍小說的一大毛病。

總而言之，古龍小說的最大缺失是他的寫作態度不夠認真，許多時人物情節不作交待，蒙混了事。據說古龍在寫《陸小鳳》時飽受胃病折磨，其情可憫，但其過則不可恕。

補記：

在金庸與梁羽生發表武俠小說的前前後後，香港台灣兩地芸芸武俠小說作家入面，唯有古龍一人可以與金梁並論！其餘諸家，縱然間有名重一時，最後都因為研究的人太少、小說重刊機會不大而名氣差了一大截。

本章的作意，也是意圖「證明」古龍遠不如金庸。筆者讀古龍小說也未全面，本書的討論容或有不足，不過自忖立論尚屬公允，不妨就正於各方高明君子。

國森
二〇一九

無我、有我

古龍小說注入了太多作者自己的感情，是「有我」之境。王國維先生謂：

有我之境，以我觀物，故物皆著我之色彩。無我之境，以物觀物，故不知何者為我，何者為物。

於境王先生復敷陳其義：「境非獨謂景物也。喜怒哀樂，亦人心中之一境界。」古龍小說多有我之境，從中讀者可以不時感受到作者的人生哲學，如他對友情的渴求，對異性的愛恨，對酒的依賴等等。因為「以我觀物」，故此古龍小說的世界之中，瀰漫著扭曲而不近人情、充滿灰色的人生觀，畸零甚而帶有點病態的愛情，與及詭異而可怖的友情。

近代文學批評大家魏烈克（Rene Wellek）在與華倫（Austin Warren）合著的《文學理論》一書指出：「文學藝術處理的都是一個虛構的世界、想像的世界」，又謂「小說人物都不過是作者為了發表自己的言論而塑造出來的」。也就是說小說中人物的所有見解，其實全都是作者自己的見解。

當然書中人的這些見解有部份是作者本人認同和服膺的；有部份則只是作者認為有「如此」背景的人物就應該有「這般」觀點和行止。小說中的世界雖是虛構的世界，倘能達「無我之境，以物觀物」，得出來的人物節情就自必會「雖屬離奇而不失本真之感」。王國維先生復謂：

> 又雖如何虛構之境，其材料必求之於自然，而其構造，亦必自然之法則。故雖理想家，亦寫實家也。

記得十多年前在書店「打書釘」，初讀倪匡先生的《我看金庸小說》之時，讀到倪先生說金庸是個「至誠君子」，當時感到有點奇怪。我倒不是懷疑金庸的為人，況且根本就無從得知，只不過我以為一個口舌便給、言談詼諧的人，無論道德人格如何高尚都不能給人「至誠君子」的印象。問題就在「至誠」兩字，這當然是高度評價，但也同時有不擅詞令之意。「至誠君子」恐怕定必是剛毅木訥、拙於言詞的，但金庸筆下的人物如老頑童周伯通，桃谷六仙，韋小寶等人都是牙尖嘴利，那就有點不尋常。後來在電視節目裏面見到金庸開腔，說話時果然是有點期期艾艾，令我想起法家的宗匠韓非天生口吃，寫文章卻是立論嚴謹，條理分明，冠於先秦。能寫出周伯通等人物，就是作者取材於自然，達「無我之境」。

「有我之境」仍然是有境界，不過容易流於公式化，如是則筆下的人物都與作者同一個鼻孔出氣，都成了作者的代言人，就會令一部份讀者覺得人物性情不合情理了。因為「以我觀物，故物皆著我之色彩」，如《絕代雙驕》寫小魚兒初出惡人谷，邂逅鐵心蘭，就將小魚兒寫成閱世甚深，對女人十分了解。事實上小魚兒入惡人谷時尚在襁褓之中，而谷中只有一個「半男半女」的屠嬌嬌，故此他絕無可能對女人如此了解。

有我之境，亦有妙趣。如《多情劍客無情劍》寫阿飛進食：

阿飛吃得雖多，並不快，每一口食物進了他的嘴，他都要經過仔細的咀嚼後再嚥下去。但他又並不是像李尋歡那樣在慢慢品嚐著食物的滋味，他只是想將食物的養份儘量吸收，讓每一口食物都能在他身體發揮最大的力量。

長久的艱苦生活，已使他養成了一種習慣，也使他知道食物的可貴，在荒野中，每餐飯都可能是最後的一餐。

與林仙兒分手前，又有一次吃飯場面：

他吃東西的時候一直很慢，因為他知道食物並不易得，所以要慢慢的享受，要將每一口食物都完全吸收，完全消化。

這樣的情節描寫恐怕是經常吃不飽的人才能想得來，一定是作者本身的體驗，自幼不曾捱過一天半天餓的人無法想像。

古龍在《代序》又道：

這些偉大的作家們，用他們敏銳的觀察力，豐富的想像力，和一種悲天憫人的同情心，有力的刻劃出人性，表達出他們的主題，使讀者在悲歡感動之餘，還能對這世上的人與事，看得更深，更遠些。

這樣的故事，這樣的寫法，武俠小說也同樣可以用，為甚麼偏偏沒有人用過？誰規定武俠小說一定要怎麼樣，才能算「正宗」！

武俠小說也和別的小說一樣，要能吸引人，能振奮人心，激起人心的共鳴，就是成功的！

話雖如此，讀者都清楚知道古龍筆下是沒有多大的同情心，更談不上悲天憫人。尤其是小說中一眾壞女人，一律都無改過自新的機會，如天下第一美人林仙兒，罪孽雖然深重，最後亦曾意圖補過，但阿飛卻以冷酷態度相拒，其最後下場甚為悲慘。

古龍的筆法，常見真實而冷血，如《流星．蝴蝶．劍》孟星魂毒打一個曾與他一起飲酒的人，以受者感受寫出：

……一個冰冷堅硬的拳頭，已打上了他的臉。……

很久很久以後，他才覺得有陣冷風在吹著他的臉，就像是一根根尖針，一直吹入了他的骨骼，他的腦髓。

他不由自主伸手摸了摸嘴，竟已變成了軟綿綿的一塊肉，沒有咀唇，沒有牙齒，鼻子已完全不見。

而孫劍打小何的一幕亦然：

孫劍沒有閃避，揮拳就迎了上去，恰巧迎上了小何的手。

小何立刻聽到自己骨頭折斷的聲音，但卻沒有叫出聲來，因為孫劍的另一隻手已迎面痛擊，封住他的嘴。

他滿嘴牙立刻被打碎，鮮血卻是從鼻子裏標出來的，就像兩根血箭。

總而言之，古龍小說中的人性都是扭曲了的人性。

補記：

小說家的人生經歷，無可避免會影響作品中的人物情節。許多有成就的小說家每每將自己最熟悉的人和事放在「處女作」之中。金庸的《書劍恩仇錄》就有大量兒時回憶，包括海寧人津津樂道的「陳世倌為乾隆生父」之說，還有金庸從小看到大的「錢塘潮」。

我們從上述古龍小說中捱餓和捱打的細緻描寫，可以初步推斷作者本人曾經長期捱餓吃不飽、甚至經常捱打！如果猜錯了，歡迎古龍先生的老友批評指教。

國森記

二〇一九

市恩

吳起為魏將而攻中山，軍人有病疽者，吳起跪而自吮其膿。傷者之母立泣，人問曰：「將軍於若子如是，尚何為而泣？」對曰：「吳起吮其父之創而父死，今是子又將死也，吾是以泣。」

《韓非子．外儲說左上》

吳起是戰國名將，他部勒士卒的功力真令人嘆為觀止。身為主帥而為士卒吮創、吮疽，士卒焉能不為他賣命？

主帥不是軍醫，照說還有許多重要事情要辦，況且治療刀創癰疽，不見得非用口吮不可。短命二郎阮小五與活閻羅阮小七謂：「這腔熱血，只要賣與識貨的！」（見《水滸傳》〈吳學究說三阮撞籌〉）吳起要的就是這些。故此他的所為實是「市恩」。

《流星・蝴蝶・劍》是古龍小說中意識比較壞的一部，書中的「老伯」孫玉伯活脫是個今天「黑社會的大龍頭」，而作者卻對他一力歌頌。為了「老伯」，許多人是不惜犧牲一切。如韓棠：

> 沒有人比他對老伯更忠誠。假如他有父親，他甚至願意為老伯殺死自己的父親。

試想吳起吮疽，就未必是每一個為人父者所願為。

又如孫巨，為了守護「老伯」的退路，十多年躲在暗無天日的陰溝內，連一雙眼睛也弄瞎了。但最教人痛心、作嘔的卻是馬方中的所為，他十多年守在秘道的出口，為免走漏風聲，毒殺親兒，對老伯是報恩，對家人是殘忍、冷血。

孟星魂尋找老伯找到馬方中的家，發現了馬家四口的屍體：

> 老伯絕不會在一個人已中了致命之毒後，再去補上一刀。
>
> 他既不是如此殘忍的人，也沒有如此愚蠢。

「老伯」也不殘忍！

「老伯」對這些人有何恩惠呢？書中沒有講明。但是有財有勢的黑道中人自然有一大堆收買人心的技倆。「老伯」的恩惠可能就如《天龍八部》中蓬萊派都靈子的「恩惠」：

……這一年在灌縣見到了諸保昆，那時他還是個孩子，但根骨極佳，實是學武的良材，於是籌劃到一策。他命人扮作汪洋大盜，潛入諸家，綁住諸家主人，大肆劫掠之後，拔刀要殺了全家滅口，又欲姦淫諸家兩個女兒。都靈子早就等在外面，直到千鈞一髮的最危急之時，這才挺身而出，逐走一群假盜，奪還全部財物，令諸家兩個姑娘得保清白。諸家的主人自是千恩萬謝，感激涕零。

……

待得諸保昆武功大成，都靈子寫下前因後果，要弟子自決，那假扮盜賊一節，自然隱瞞不提。在諸保昆心中，……早就感激無已，一明白師意，更無半分猶豫，立即便去投入青城派掌門司馬衛的門下。……

《天龍八部》第二十三回〈水榭聽香　指點群豪戲〉

補記：

「市」的本義是做買賣的地方，這裡是「名詞使動」，解作「買」。「恩」是恩惠。「市恩」是有權位的人用籠絡手法收買人心，一般是先給收買對象一些好處，期望這些人日後知恩圖報。

古龍《流星蝴蝶劍》的「老伯」孫玉伯該算個「正面人物」，但是筆者對其深謀遠慮的「市恩」手段感到非常可怕。

《話說金庸》沒有提到《天龍八部》蓬萊派都靈子用計謀「市恩」，給諸保崑「洗腦」的真相。全心全意教武功是真情，但是行俠教諸氏一家則是假意。

小說能夠反映現實人生，諸保崑的遭遇，給所有讀者上了寶貴的一課！

國森記

二〇一九

友情無價

古龍非常重視朋友，非常之渴望交得摯友，書中人物的友情是毫無保留的，不顧一切的。

有人說：「生命誠可貴，愛情價更高，若為自由故，兩者皆可棄。」但在古龍小說的世界裏，「若為友情故」，生命、名譽、愛情、自由、親人全都可棄！如《陸小鳳》之《皇城決戰》，借主角陸小鳳之口說出來：

陸小鳳道：「我們這些人，有的喜歡錢，有的喜歡女人，有的貪生，有的怕死，可是一到了節骨眼上，我們就會把朋友的交情，看的比甚麼都重。」

就連不食人間煙火的「白雲城主」也是如此：

葉孤城閉上嘴，凝視著他（陸小鳳），臉上的寒霜似已漸漸在溶化，一個人到了山窮水盡時，忽然發覺自己還有個朋友，這種感覺絕不是任何事所能代替的。甚至連愛情都不能。

為了朋友，犧牲性命是稀鬆平常的事情，沒有甚麼大不了。《多情劍客無情劍》中「嵩陽鐵劍」郭嵩陽就為了李尋歡而自願命喪於荊無命的劍底。與荊無命比劍時還要多次故意露出破綻，讓對手刺傷自己，好讓李尋歡可以從他的傷口中了解荊無命的劍術，為了甚麼？恐怕連郭嵩陽自己也攪不清：

他（李尋歡）並沒有為郭嵩陽做過什麼，但郭嵩陽卻不惜為他去死。

這就是真正的「友情」。

對李尋歡亦僕亦友的鐵傳甲也是如此，古龍寫道：

為了朋友的義氣，一條命又能值幾何。

異見份子在古龍小說中有如滔天狂濤中的一葉孤舟，起不了絲毫作用。阿飛也曾勸過鐵傳甲，那是極少數、極少數的例外：

阿飛：「你可知道有些話是不能說的，若是說出來就對不起朋友，可是你若就這樣死了，又怎麼對得起你的父母，怎對得住老天？」

古龍對朋友之間的所謂「過命交情」一力頌揚，足見他本人對朋友的渴求，或許用來補償他自己在現實生活中的不足。《陸小鳳》裏說及「老闆」朱停與陸小鳳的友情，忽然加插了一番與「劇情發展」無甚關連的話，那恐怕更是作者有感而發：

你明明知道你的朋友在餓著肚子時，卻偏偏還要恭維他是個可以不食人間煙火的神仙，是條寧可餓死也不求人的硬漢。

你明明知道你的朋友要你寄點錢給他時，卻只肯寄給他一封充滿了安慰和鼓勵的信，還告訴他自力耕生是件多麼高貴的事。

一個如此渴望交得好友的人，每每反是「相識遍天下，知己無一人」。古龍在上文提及的《代序》寫道：

我有很多朋友都是智慧很高，很有文學修養的人，他們往往對我道：「我從來沒有看過武俠小說，幾時送一套你認為最得意的給我，讓我看看武俠小說裏寫的究竟是甚麼。」

我笑笑。我只能笑笑，因為我懂得他們的意思。

古龍這些有文學修養的朋友，做人的修養就大有問題，一言以擻之，「有辱斯文」而已矣。以朋友的身份，發放如此的言談，其輕佻無禮之處，一如在人的面上吐口水。或許古龍涵養過人，有婁師德「唾面自乾」之風；又或許古龍珍視友情，不願開罪朋友罷！然而即使得到這些朋友的讚賞和認可，亦不過是「嗟來之食」而已，何足道哉？故此古龍只能一笑置之。

朋友交來不易，《楚留香傳奇》之《蝙蝠傳奇》寫胡鐵花初會原隨雲就傾蓋如故，後來才知他竟然就是蝙蝠公子。楚胡二人的老朋友煎魚高手張三就毫不客的出言譏諷，張三的見解又好像是作者用以自嘲：

胡鐵花大聲叫道：「那是因為人家瞧得起我們，把我們當朋友，你以為天下人都跟你一樣，既不懂好歹，也不分黑白。」

張三冷笑道：「至少我不會跟你一樣，喝了人家幾杯老酒，聽了人家幾句好話，就恨不得將自己的心肝五臟都掏出來給人了。」

胡鐵花好像有點火了，道：「朋友之間，本就該以肺腑相見，肝膽相照。只有你這種小人，才會以小人之心去度君子之腹。」

張三道：「你以為人家會拿你當朋友？交朋友可不是撿豆子，那有這麼容易。」

可能古龍與友人相交就是一片赤誠，來者不拒。古龍的「朋友」之中恐怕有一些如韓文公所說的：

平居里巷相慕悅，酒食遊戲相徵逐，詡詡強笑語以相取下，握手出肺肝相示，指天日涕泣，誓生死不相背負，真若可信。一旦臨小利害，僅如毛髮比，反眼若不相識；落陷阱不一引手救，反擠之又下石焉者，皆是也。

《陸小鳳》之《飛天玉虎》寫陸小鳳與詐死的西方玉羅刹相會後的感觸，更可能是作者的夫子自道：

陸小鳳已明白。有些朋友往往遠比仇敵更可怕。

只不過他雖然也有過這種痛苦的經驗，卻從來也沒有對朋友失去過信心。

據說古龍本人經常吃一些所謂「朋友」的虧，「朋友就是敵人」正是古龍小說中的常規。《楚留香傳奇》中，丐幫幫主南宮靈，少林妙僧無花都是楚留香的總角之交，高亞男一心要嫁給胡鐵花，在蝙蝠島也出賣了楚胡二人。

《陸小鳳》更是每個單元的奸人都是陸小鳳的好朋友。青衣樓主霍休是常與陸小鳳一起把盞談心的忘年之交；繡花大盜金九齡也是舊識，交情之深是可以請陸小鳳幫手查案的那種朋友；葉孤城朋友不多，陸小鳳卻是其中一個；「飛天玉虎」方玉飛；「老刀把子」武當木道人；和出賣陸小鳳的鷹眼老七都是他的朋友。總之所有「朋友」都可能是要致你於死地的對頭人。

又如《流星．蝴蝶．劍》寫「老伯」孫玉伯和他的「左右手」律香川的關係：

他越信任你，你殺死他的機會越大。

朋友！朋友！你叫人瘋狂！

補記：

小說家經常借書中人物的口，說出自己心中的話。讀古龍之論朋友，我們可以猜想那老掉了牙的諺語「相識滿天下、知己無一人」，極可能就是古龍畸零人生的真實寫照！

國森記

二〇一九

若飲醇醪

武俠小說每多以酒會友的場面，如《天龍八部》就有「劇飲千杯男兒事」的一幕。後來杏子林中喬峰稱讚姑蘇慕容的一夥人是英雄好漢．斷無殺害馬大元之理。他覆述與公冶乾對飲對掌：

喬峰在場中緩緩踱步，說道：「眾位兄弟，昨天晚上，我在江陰長江邊上的望江樓頭飲酒，遇到一位中年儒生，居然一口氣連盡十大碗烈酒，面不改色，好酒量，好漢子！」

段譽聽到這裏，不禁臉露微笑，心想：「原來大哥昨天晚上又和人家賭酒來著。人家酒量好，喝酒爽氣，他就心中喜歡，說人家是好漢子，那只怕也不能一概而論。」

《天龍八部》第二十五回〈杏子林中　商略平生義〉

由此可見金庸也不是一面倒的以酒觀人，不贊成多飲的段譽還有置喙的餘地。段譽與喬峰對飲高粱，以六脈神劍將烈酒迫出體外，酒量無窮無盡，因鬥酒而結為金蘭。雖然喝了四十大碗，喬峰還想再喝：

段譽道：「……大哥，酒能傷人，須適可而止，我看今日咱們不能再喝了。」

喬峰哈哈大笑，道：「賢弟規勸得是。只是愚兄體健如牛，自小愛酒，越喝越有精神，今晚大敵當前，須得多喝烈酒，好好的和他們周旋一番。」

古龍就大有不同，喝酒是全豁出去，如《多情劍客無情劍》：

李尋歡忽然笑道：「你可知道我為什麼喜歡你這朋友？」

阿飛沉默著，李尋歡笑道：「只因你是我朋友中，看到我咳嗽，卻沒有勸我戒酒的第一個人。」

古龍英年早逝，恐怕要飲酒過量不無關係，或許他寧交「阿飛」，不近「段譽」罷！常言道：「酒逢知己千杯少，話不投機半句多。」有些人賦性圓通，可以不論生張熟李都能攀談得幾句，但喝酒則不同，萍水相逢，頂多只宜淺酌。假如初次見面便要別人一起大杯大杯的往喉嚨裏灌，這樣的人一定不大討人歡心。我總覺得一個人若能隨便碰上張三李四都可以喝得爛醉如泥的話，這人一定沒有幾多個好朋友。就如《流星・蝴蝶・劍》裏以殺人為業的孟星魂，他生活在孤單苦痛之中，連可以一起喝酒的朋友也沒有一個，胡亂抓個不相識的人大醉一場，翌日一早就把前一晚的酒友打成重傷。

人在喝得醉醺醺的時候最易交得朋友，反正「霧裏看花，總是一隔」，「醉中觀人，盡皆好友」，只是這份「友情」能否維持到酒醒之後就說不定了，否則孟星魂也不致於反眼不認人了。

酒醉之後人的警覺性大減，平時不敢說、不願說的「肺腑之言」每每盡情傾吐，就如張三所說「喝了人家幾杯老酒」，「就恨不得將自己的心肝五臟都掏出來給人了」。喝醉了又可借醉行凶，平時不敢幹的，借酒精之助，把心一橫，甚麼事情也敢幹。

古龍小說中的人物依賴酒精一至於斯，諒必為作者的「有我之境」了。

我在唸預科時開始學人喝點烈酒，酒量一向極淺。少年人喜歡模仿成年人的行為，那是人生必經階段。有一次與舊日同窗兼有十多年交情的好友閒談，回想起唸初中時的一位洋人老師，他說酒根本就不好喝，喝酒是「只求效應」（just want the effect）。當時若有所悟，自此就不甚喝了。

後來在電節目裏見識到有「試酒師」這門「專業」，那真是妙不可言。「試酒師」駐在高級西餐廳，為顧客試酒。那真算是荒唐得可以，你請他吃貴得不得了的葡萄美酒，而且是他吃完才論到你，他也不過是告訴了你這酒的諸般好處，事後還要再付給他花綠綠的鈔票，真不知人間何世！「試酒師」還很有架子，太便宜的酒他不試，一晚之內還不能多試，必須預約，據說是喝多了舌頭上的味蕾會麻木云云。試酒前後還要吃一小片白麵包，是為了清一清口腔內的殘酒、餘氣、餘味。

我不懂得喝酒，不過「路易十三」與「大三星」的味道不同，倒還分得出。「試酒師」的味覺一定比常人靈敏，可是連他們也不能多喝，多喝了就難分好劣。我輩味蕾不發達之人，又何必多喝？

喝酒這回事，說穿了不過是「只求效應」，「手中無酒，心中有酒」，喝不喝還不是一樣？漢末三國時東吳大將程普說道：「與周公瑾交，若飲醇醪，不覺自醉。」風流人物，顧曲周郎，羽扇綸巾，雄姿英發。交得如此英雄，又何需借酒消愁？

補記：

靈鷲主人虛竹子（即原先少林小和尚虛竹）曾感嘆：「經云：『飲酒有三十六失。』」（見《天龍八部》第三十九回〈解不了　名韁繫嗔貪〉）

「飲酒有三十六失」之說，出自《佛說分別善惡所起經》，「小查詩人」教壞年輕讀者，筆者為了朋友，不怕「雙脅插刀」，抄錄右下，實亦「苦口婆心」也！三十六失為：

一者、人飲酒醉，使子不敬父母，臣不敬君，君臣父子，無有上下。

二者、語言多亂誤。
三者、醉便兩舌多口。
四者、人有伏匿隱私之事，醉便道之。
五者、醉便罵天溺社，不避忌諱。
六者、便臥道中，不能復歸，或亡所持雜物。
七者、醉便不能自正。
八者、醉便低仰橫行，或墮溝坑。
九者、醉便躄頓，復起破傷面目。
十者、所賣買謬誤妄觸抵。
十一者、醉便失事，不憂治生。
十二者、所有財物耗減。
十三者、醉便不念妻子饑寒。
十四者、醉便嚾罵不避王法。
十五者、醉便解衣脫褌褲，裸形而走。

十六者、醉便妄入人家中，牽人婦女語言干亂，其過無狀。
十七者、人過其傍欲與共鬥。
十八者、蹋地喚呼驚動四鄰。
十九者、醉便妄殺蟲豸。
二十者、醉便撾捶舍中付物破碎之。
二十一者、醉便家室視之如醉囚，語言衝口而出。
二十二者、朋黨惡人。
二十三者、疏遠賢善。
二十四者、醉臥覺時，身體如疾病。
二十五者、醉便吐逆，如惡露出，妻子自憎其所狀。
二十六者、醉便意欲前蕩，象狼無所避。
二十七者、醉便不敬明經賢者，不敬道士，不敬沙門。
二十八者、醉便淫劮，無所畏避。
二十九者、醉便如狂人，人見之皆走。

三十者、醉便如死人，無所複識知。

三十一者、醉或得皰面，或得酒病，正萎黃熟。

三十二者、天龍鬼神，皆以酒為惡。

三十三者、親厚知識日遠之。

三十四者、醉便蹲踞視長吏，或得鞭搒合兩目。

三十五者、萬分之後，當入太山地獄，常銷銅入口，焦腹中過下去，如是求生難得，求死難得，千萬歲。

三十六者、從地獄中來出，生為人常愚癡，無所識知。今見有愚癡無所識知人，皆從故世宿命喜嗜酒所致，如是分明，亦可慎酒。

國森記

二〇一九

母豬、母虎、母狗

從古龍小說中，讀者可以感受到作者對女人既愛又恨且懼，時而透露出來。

文人的一枝尖筆、一張利嘴，有時是可以傷人於無形。

對於年紀不輕、樣貌不甚佳而又刻意妝扮，要尋回失落了的青春的女子，古龍是毫不客氣，要大肆挖苦。如《楚留香傳奇》寫天下第一劍客「血衣人」薛衣人的姻親、也就是施孝廉的夫人花金弓：

只見這位金弓夫人年紀雖然已有五十多了，但仍然打扮得花枝招展，臉上的粉刮下來起碼有一斤。

在古龍小說的世界裏，老醜就是「罪過」。生為女子而超重已是不要得，倘若「健啖」更要忍受相當惡毒的辱罵，如《多情劍客無情劍》裏「大歡喜女菩薩」的一夥，就連豬也不如：

屋子裏坐著十來個女人，她們都是坐在地上，因為無論多麼大的椅子她們也坐不下，就算就坐下去，椅子也要坐垮。

但誰也不能說她們是豬，因為像她們這麼胖的豬世上還少見得很，而且豬也絕沒有她們吃得這麼多。

這夥「母豬」不顧儀容，捱罵是無話可說。而肥就是肥，就得認命，不可掩飾！

過了二十年之後，她還並不顯得太老，眼睛還是很有風情，牙齒也還是很白，可是她的腰——她實在已沒有腰了，整個人就像是一個並不太大的水缸，裝的水最多也只不過能灌兩畝田而已。李尋歡的表情看來就像是剛吞下一整個雞蛋。

這就是薔薇夫人？他簡直無法相信。美人年華老去，本是件很令人惋惜，令人傷感的事，但她若不知道自己再也不是雙十年華，還拼命想用束腰紮緊身上的肥肉，用脂粉掩蓋著臉上的皺紋，那就非但不再令人傷感，反而令人噁心可笑。

恐怕就是為了世上總有不少男人如古龍一般的殘忍，不能體諒有些女子控制不了自己的容顏之苦，用上足以摧肝斷腸的文字、言語和表情（吞下一整個雞蛋）去傷害她們，才有令致一些女子用盡辦法，捱盡苦楚去「紮緊身上的肥肉」和塗上「一斤」的脂粉。

我平素甚少逛百貨公司，有一回在百貨公司的牛仔褲部無意中聽到兩位女仕的對話：

售貨員語帶無奈的說道：「這條褲太窄，你穿不下。」

顧客慍道：「我向來都是穿二十六吋的褲頭！難道自己也不知嗎？」

氣氛凝重如劍拔弩張，所謂「君子不立危牆之下」，既然事不關己，還是速去為妙。事態如何發展，我當然不能知曉，不過我永遠都會記得那句發人深省的說話：

「我向來都是穿二十六吋的褲頭！」

佛說：「色無常，無常即苦，苦即非我……」

「楚王好細腰，宮中多餓死」，據說法國宮廷甚至曾有一段時間以十四吋作為女子腰圍的標準，可見男子喜愛小蠻腰，古今中外皆然，女為悅己者容，近世遂有「厭食之症」，亦良可嘆也！

另一類古龍「深痛惡絕」的女子則是「河東柳氏」，如楚留香遇上了施舉人之妻花金弓與薛衣人之女薛紅紅婆媳二人：

楚留香暗中嘆了口氣，世上若還有比遇見一個潑婦更頭痛的事，那就是遇見了兩個潑婦。他知道在這種女人面前，就算有天大的道理也講不清的，最好的法子就是趕快腳底揩油，溜之大吉。

魅力驚人的楚香帥如是，四條眉毛的陸小鳳亦如是，《陸小鳳》之《繡花大盜》寫道：

「……遇著一條母老虎已經糟糕得很。

唯一比遇著一條母老虎更糟的事，就是同時遇著了兩條母老虎。」

女人「不可」潑辣凶悍，連大情人、大浪子如楚香帥、陸小鳳之輩也要喊頭痛、叫糟糕，那麼尋常凡俗又豈能消受得來？娶了個悍婦為妻更會「六親斷絕」，楚留香的好朋友左輕侯與其世交施舉人交惡，就是為了施舉人家中有位「河東柳氏」的金弓夫人：

……左輕侯與施孝廉本是世交，就因為他娶了這老婆，兩人才反目成仇，有一次左二爺乘著酒後，還到施家莊門外去掛了塊牌子：「內有惡犬，諸親好友一律止步。」

其實這左輕侯又未免太過好管閒事，即令好友家有嚴妻，試問「吹皺一池春水，干卿底事？」若然好友有季常癖，還要故意去與嫂夫人如此的過不去，實是落井下石，更教好友左右做人難了。

鐵面判官單正也知教兒「君子愛人以德」（《天龍八部》第十五回〈杏子林中　商略平生義〉），就連桃枝仙這個大混蛋也知道「男兒漢為朋友雙脅插刀，尚且不辭」（《笑傲江湖》第十四回〈論杯〉），聽任區區「惡犬」咬上幾口又何需皺眉？

說到為朋友，我又想起小時候的一個朋友，姑且叫他做「大肚B」，此乃象形，不是簡寫。嚴格說來，B君是我大哥的朋友，此君生得胖胖白白，肚子微突，為人是挺和氣的，又健談，人緣還算不錯。記得那一年巴西第三次奪得世界杯的冠軍（二十多年前了），一眾大孩子小孩子就在我家中匍匐在地上，玩那「紙足球」的遊戲，當中以的我年紀最少。這種遊戲是以長方形的硬紙片對摺成「球員」，以薄鋁箔卷成圓球，比起現在小朋友玩的足球機刺激得多。B君就是這樣的一個大孩子。

B君後來結了婚，他原本立志要做一個主宰全家的「大男人」，無奈他的「另一半」御夫有術，有一招非常厲害的「絕招」，一出手就教他徹底投降。為免荼毒生靈，我想這「絕招」還是不公開為宜，諸君請諒，而自此「鄉黨閭里」之中就算是少了他這一號人物。

又過了幾年，我大哥在街上碰見B君，見他手提一瓶小號的啤酒，即是足可斟滿一小杯的那種，興沖沖的告訴我大哥，是日「皇恩大赦」，他的老婆大人還居然準許他喝酒！正是「相請不如偶遇」，就要邀我大哥一起共飲！我大哥見到那可憐的一小瓶，實在不忍，便推說有事要辦而去。後來我大哥對我說道：「唉！一樽『細啤』，給我嗽口也不夠！」他二人最高紀錄可盡十樽「大啤」的。

我說這個故事是要指出左輕侯的行為是沒有用處的，「此情可待成追憶」，舊日種種都成歷史陳跡。他如此借醉行凶，也不能令施舉人回到未婚時，那又何苦呢？我倒是十分欣賞大哥當日的做法。各位請聽我一言，古龍所教、左輕侯所為是切不可學！

古龍筆下美貌女角許多都是不好惹的，《多情劍客無情劍》的天下第一美人林仙兒是一條人盡可夫的「母狗」，天下間的絕頂高手差不多都跟她上過床。天機老人年紀已老；李尋歡定力驚人；阿飛則是「蛋家雞見水」，見得喝不得；除了這三人以外，上官金虹、荊無命、郭嵩陽、呂鳳先、伊哭等等，個個都是她的入幕之賓。為求目的她可以跟任何男人上床，阿飛也差一點便毀在他手上。至於美艷無倫的成熟婦人更每每是吃人不吐骨的惡魔，以楚留香武功之高，碰上了石觀音和水母陰姬都是僅僅的死裏逃生。

補記：

古龍小說對負面的女性角性有許很深的怨恨和敵意，如果用傳統文學理論而不信「作者之死」，我們可以推斷那也是古龍將個人在現實人生的不滿足，注入了小說人物情節之中。

國森記

二〇一九

楚香師的三個「小妹妹」

女人必須溫柔，如《天龍八部》的阿碧，「八分容貌，加上十二分的溫柔，便不遜於十分人才的美女」（見第十一回〈向來癡〉）。莫看楚香帥風流倜儻，到處留情，大情人其實是很容易就給融化掉的：

世上，沒有比美麗的少女的鼓勵與信任更能令人振奮的了，楚留香回到岸上時，只覺精力從未如此充沛過。

蘇蓉蓉真是個聽話的女孩子，美麗而聰明的女孩子，居然還聽話，這更是男人最大的幸福。

鼓勵和信任，就是聽話、就是溫柔、就是「不打擾你」。《多情劍客無情劍》闡述得更加具體：

她（孫小紅）神情雖悲傷，但目光卻那麼溫柔，那麼堅定，她的嘴雖然沒有說話，但她的眼睛卻在告訴李尋歡：既然這是你非做不可的事，你就只管放心去做吧，我絕不會拉住你，也不會打擾你，無論你做什麼，我都知道你一定會做得很好，做得很對。

雖然只瞧了一眼，李尋歡的心情就已不再那麼沉重了。

因為他已明白她是個堅強的女人，絕不會要他操心，用不著他說，她也會好好的活下去。她對她只有安慰，只有鼓勵。

他心裏真是說不出的感激，因為只有他自己才知道她這麼做對他的幫助有多麼大。

他忽然覺得自己能遇著這樣的一個女人實在是運氣。

古龍小說中最推崇這一類型的女子，但是要幸運的人方能遇上：

孫小紅緩緩道：「一個女人要幫助她的男人，並不是要去陪他死，為他拼命。而是要鼓勵他，安慰他，讓他能安心去做他的事，並沒有被人忽視。」

楚留香與蘇蓉蓉、李紅袖、宋甜兒三個女孩的關係非常曖昧，愛侶不像愛侶，姬妾不像姬妾。一個是照顧衣履起居的管家（蘇蓉蓉是易容術的高手），好讓他光光鮮鮮的「出門上班」；一個是掌管資料庫的智囊（李紅袖是武林掌故的活詞典），好讓他免於煩瑣的「資料搜集」；一個是主持中饋的大廚（宋甜兒是廣東人，「食在廣州」嘛），好讓他於一天辛勞工作之後，回到家中大快朵頤，恢復體力。此外蘇蓉蓉又可充當紅顏知己、精神支柱的角色；李紅袖則是「侍讀」，取其「紅袖添香」之意；宋甜兒害怕死屍之類的惡心物事，是個要好好呵護疼惜的小女孩，「負責」間中撒嬌一番，增添生活情趣。分工精細，涇渭分明。我想起一個流傳既廣且久的說法，謂娶妻最好是「睡房中為蕩婦，客廳中為貴婦，廚房中為主婦」之女，這種女子世間難求，除非一娶就是幾個，而其背後的精神實與「楚香帥的三個小妹妹」是異曲同工。

不過古龍指明楚留香與三個可愛的故娘是清清白白的，就連楚留香的好友胡鐵花也不大相信。楚留香向來不是坐懷不亂的柳下惠，他自有解釋：

> 楚留香嘆道：「別人都以為我和她們的關係不清不楚，其實，她們從十一二歲時就跟著我，她們只不過將我當做她們的大哥，當做她們的好朋友，而我……你總該相信我，我始終都把她們當作妹妹的。」

楚留香對蘇蓉蓉的態度令人難以理解，他的矛盾恐怕正好是古龍自己的矛盾，可能是基於一種自慚形穢、想愛不敢愛的自卑心理作祟罷。各位可能會奇怪，認為我滿口胡柴，楚香師可不是教人一見傾心的大情人？一如洛陽道上，婦女爭相投果的「俊俏潘郎」嗎？當然我所說的是作者自己的心理投射。

若然有人認為得一美麗、聰明而又聽話的「妹妹」是男人最大的幸福，這個人的心理一定很有問題。美麗、聰明而又聽話的女孩子如果不是自己的老婆，甚至不是自己的女兒，試問那還有甚麼幸福可言？如果有一個美麗的女兒，就算不是親生，至少可學《天龍八部》裏的首席「冤大頭」萬劫谷主鍾萬仇，叫出來讓好朋友見見（第八回〈虎嘯龍吟〉）啊！

我沒有妹妹，但假如我有一個美麗而聰明的妹妹，我倒情願她找到一個老老實實、正正直直而且靠得住的男人，去聽他的話、去受他的愛護，當然還有鼓勵他。卻不是要聽一個「狗屁大哥」的廢話。即使這「妹妹」真的聽了「大哥」的話，令「大哥」得到了「最大的幸福」，但可憐的小妹妹又有何幸福可言？

楚留香是個風浪流子，故此不敢接受蘇蓉蓉的愛。不單止是蘇蓉蓉，李紅袖、宋甜兒，以及黑珍珠等人，對楚留香的感情都絕對不是小女孩對親哥哥的倚賴或依戀，而是男女之間不折不扣的愛情。這就是古龍與楚留香內心深處的矛盾。

可以說古龍筆下的風流浪子寧願與不三不四的女子鬼混；又或是給那些無所謂廉恥、無所謂貞節「母狗」一口吞掉；甚至受別人的拼頭欺騙得團團轉的像個傻子；卻既不敢、也不願玷污了玉潔冰清的純真少女。

例如四條眉毛的陸小鳳，得到了身在青樓卻是守身如玉的歐陽情垂青，書中亦多次提及陸小鳳偶然也想過要有一個家的念頭，但到頭來還是辜負了歐陽情的一番情意。

他寧願去與「飛天玉虎」的一眾拼頭，如丁香姨、陳靜靜等「母狗」胡天胡帝，或受方玉香的擺佈。在幽靈山莊面對純潔無瑕的葉雪，他連碰都不敢碰，卻去和聲名狼籍的花寡婦、與及行為與年齡不相稱的小妖精葉靈有染。

可見古龍在小說中對色慾的描寫雖然極奇露骨，主角又多放流形骸、縱情聲色。但在他內心深處卻是不敢有喪德敗行之舉，只是渴望得一純良女子相廝守而已。心情是極之矛盾的。

補記：

古龍筆下主角這種對「妹妹」的奇怪態度，我們普通人過著平平凡凡的生活，恐怕很難理解。

金庸在世紀新三版入面，加多了許多對「哥哥與小妹妹」，如《神鵰俠侶》有楊過與程英，《倚天屠龍記》有張無忌與小昭，《天龍八部》有段譽與阿碧，讀了甚感「肉麻」！說實話，感到「小查詩人」還真有點「為老不尊」！

這種「哥哥與妹妹」的畸形意識，背後似有既要吃豆腐討便宜（甚至真的吃掉人家），又不敢、不願承擔責任和後果的自私心態！

國森記
二〇一九

蓉蓉三德

「蓉蓉三德」是「美麗」，「聰明」與「聽話」。在古龍小說的世界裏，女子以「聽話」為先；「聰明」次之，因為聰明的女子最會騙人；而「美麗」其實是害人不淺的。

而即使是本性不壞的女子，只要有一副美貌同樣可以害人不淺。《楚留香傳奇》寫丐幫前任幫主任慈的夫人秋靈素年青時被迫自毀容顏，毀容前找名畫師孫學圃畫像，為怕讓他看到自己毀容後可怖的樣子，竟在灌醉孫學圃後挖掉了他的雙眼。受害人憶述：

孫學圃道：「不錯，她的確是美麗的，我一生中見過的美女雖多，但卻再也沒有一個人及得上她，別人的美麗最多使你眼花，但他的美麗卻可使你發瘋，使你寧可犧牲一切，甚至不惜犧牲生命，只為求得她對你一笑。」

他雖在描述她的美麗，語聲中卻充滿了恐懼，似乎真的曾經瞧見有許多男子為了博她一笑而死。

美女又最會騙人，《倚天屠龍記》也是如此說的，如「毒手無鹽」丁敏君之流就騙不了人。殷素素自戕前就示範了一次欺騙少林派的空聞：

她抱著無忌，低聲道：「孩兒，你長大了之後，要提防女人騙你，越是好看的女人，越會騙人。」

《倚天屠龍記》第十回〈百歲壽宴摧肝腸〉

後來張無忌長大之後，一再受美女所騙，那是後話。若說美女都會騙人，倒也不能一概而論，更可能是男人迷戀美色甘心受騙，又或者是自欺欺人，不肯接受事實而已。如阿飛問女人說謊：

李尋歡顯然不願正面回答他的這句話，道：「你若是個聰明人，以後也千萬莫要當面揭穿女人的謊話，因為你就算揭穿了，她也會有很好的解釋，你就算不相信她的解釋，她還是絕不會承認自己說謊。」

而古龍小說中不單止美麗的女子會騙人，不甚美的都會。《楚留香傳奇》之《畫眉鳥》寫胡鐵花在藏劍山莊受「畫眉鳥」柳無眉的手下所騙：

（平姑娘）她笑了又笑，接著道：「若非如此，我怎會如此輕易就信任了你呢？這也許是因為天下的男人總有這種毛病，總以為自己三言兩語，就可以將女人騙過了，卻不知女人要騙男人，實在比男人騙女人容易得多。」

古龍甚至認為所有女人都可能是聰明絕頂，一般來說女人也是比男人聰明。胡鐵花耗了幾年的時間去吊膀子，對象時一個其貌不揚的平凡女子，可是這個女子卻看穿了胡鐵花的心：

胡鐵花道：「楚留香，你聽見了麼？你千萬不能將任何女人看成呆子，誰若將女人看成呆子，他自己才是呆子。」

胡鐵花是個大傻瓜，定必一生要受女人欺騙。但是聰明能幹的男人同樣也不能倖免。陸小鳳與「飛天玉虎」的手下藍鬍子的一番對答更是有趣：

陸小鳳道：「一百樣事裏，有八十樣我是內行，像我這樣的人，本該發大財的，只可惜我有個毛病。」

藍鬍子道：「哦！」

陸小鳳道：「我喜歡女人，尤其喜歡不該喜歡的女人。」

他嘆了口氣，接著道：「所以我雖然又聰明，又能幹，卻還是時常上當！」

藍鬍子道：「沒有上過女人當的男人，就根本不能算是個真正的男人！」

「美麗」的會騙人，「聰明」的會騙人，所以「蓉蓉三德」以「聽話」為先！

男人一定要受女人所騙，就是為了「人心難測」。常言道：「女人心，海底針。」大海撈針是天下間一大艱難之事。古龍向讀者不斷告誡，切莫以為男人可以明白女人的心事。小李探花也不能：

李尋歡：「世上絕沒有任何一個男人能真的瞭解女人，若有誰認為自己很瞭解女人，他吃的苦頭一定比別人更大。」

陸小鳳也不能。《陸小鳳》之《皇城決戰》陸小鳳就受李燕北的十三姨太所愚：

陸小鳳實在還不瞭解女人，更不瞭解十三姨這種女人。他只不過自己覺得自己很瞭解而已。

一個男人若是自己覺得自己很瞭解女人，無論他是誰都一定會倒霉的。就連陸小鳳也一樣。

更莫說要主宰女人，如《流星．蝴蝶．劍》寫孟星魂受高老大的支配：

男人都認為女人是弱者，都認為自己可以主宰女人的命運，卻不知大多數男人的命運卻是被女人捏在手裏的。

以上種種，儘是古龍的肺腑之言，確也反映了一些現代人的苦痛。不過作者的不幸經歷，令得他對男女之間的交往、情愛有一種莫可明狀的驚怖心，讀者實不宜全盤接收，要用「批判」的態度看待。

補記：

原來「胡鐵花」是胡適的老爸！胡傳（一八四一至一八九五），字鐵花，官至台東直隸州知州，因為其子胡適（一八九一至一九六二）而知名。胡鐵花的死因有爭議，古龍因何請他來參演《楚留香傳奇》？願研究古龍作品及其生平的知情人士介紹一下。

楚留香在書中被稱為「香帥」，後來才知中國歷史上最著名的「香帥」是清末名臣張之洞（一八三七至一九〇九）！張之洞官至體仁閣大學士，歷任總督，民間習俗敬稱總督為「帥」、「大學士」則是「閣老」、「宰相」。因為張之洞別號「香濤」，故世稱「香帥」，此或為楚留香號稱香帥的原典。張之洞是同治二年癸亥恩科一甲第三名進士，即是民間俗稱的「探花」，與李尋歡三父子都是考得第三名。

胡鐵花（不是胡適爸）稱楚留香為「老臭蟲」，潘某人認為楚某壞了三個小妹妹的名譽，卻又「蹲著茅坑不拉矢」，實是一條「老淫蟲」！

十一二歲在發育期間、說得具體一點是青春期出現「第二性徵」的女孩，跟著一個獨身成年男人，住在一條船上，實有諸多不便！古龍想得太美，他可能不大知道這個年齡的女孩，於生理衛生上要有女性長輩指點一二，才會有這樣荒唐的安排！

「小查詩人」亦復如此，所以他《射鵰英雄傳》筆下的小才女黃蓉，到了虛齡十五的年紀，竟然可以完全不知道怎樣「生孩子」，真是一大漏洞了！不過聽說過最驚嚇的例子，還有一位女作家曾描寫小說女主角遇上「生理周期」的瑣事趣聞，這位女士卻以為世上所有女子的「生理周期」都同時發生！這蠢笨無知之事，若發生在「男生」身上，還算「情有可原」，他又沒有遇過！「女生」如此，就太過匪夷所思了！

國森
二〇一九

古龍小說受金庸影響

《多情劍客無情劍》，「小李探花」李尋歡父子三人都是一甲第三名，李家有一聯：「一門七進士，父子三探花。」這副對聯很可能脫胎自金庸祖上的真功名：「一門七進士，叔姪五翰林。」七進士中有查嗣韓是一甲第二名的榜眼。古龍給「小李飛刀」父子三人都是一樣的進士及第功名，氣派更大，當中亦大有學問。原來一甲進士第三名稱為探花是明清兩代的事，唐代的探花使，又稱探花郎，是給予登進士之中最少俊二人的雅稱。父子三人都是以少俊登進士及第，自然不同凡響。

古龍小說中的武打場面受金庸影響與局限更深，事實上古龍小說武打場面極少，即使打也不是見招拆招的打，一味以氣氛取勝。甚至以信心凌駕一切，如荊無命心理上太過倚賴上官金虹，上官金虹一死，他的鬥志就徹底崩潰。又如《孔雀翎》，書中主角帶了一個自以為裝有「孔雀翎」的空盒子去跟人比武，信心大增而獲勝。

陸小鳳的「靈犀一指」說不定是受了張無忌以一雙手指夾住「八臂神劍」東方白手中的倚天劍的影響。

而《絕代雙驕》寫當世兩大高手燕南天與邀月宮主對峙，小魚兒乘機向邀月宮主嘲諷，對方卻不敢分神，與桃谷六仙作弄余滄海相近。余滄海一人落了單，被張夫人等七名高手圍困：

> 桃根仙道：「這矮道人心中在害怕。」桃枝仙道：「他當然在害怕，七個打一個，他非輸不可。」桃幹仙道：「他倘若不怕，幹麼左手舉杯，不用右手？當然是要空著右手，以備用劍。」余滄海哼了一聲，將酒杯從左手交到右手。桃花仙道：「他聽到二哥的說話，可是眼睛不敢向二哥瞄上一瞄，那就是害怕。他倒不是怕二哥，而是怕一個疏神，七個敵人同時進攻，他就得給分成八塊。」

《笑傲江湖》第十六回〈注血〉

古龍那「手中無劍，心中有劍」的名句膾炙人口。自然是受了獨孤求敗那「四十歲後，不滯於物，草木竹石均可為劍。自此精修，漸進於無劍勝有劍之境。」的神技啟發。

補記：

古龍小說在武打描寫上，受到金庸小說的影響和限制，日後的《武論金庸》還有比較。

國森

二〇一九

第五章　譯金庸之難

不扮戲文

中國作家至今仍未有人得過諾貝爾文學獎，故此每隔一段時間總有人在報張、雜誌上大聲疾呼，說應該將文學獎頒給一位中國作家云云。

據說中國作家得不到這個獎項的其中一大原因，就是在諾貝爾文學獎的遴選委員會中，懂得中文的委員並不多。中國作家要獲提名，必先將作品翻譯成任何一種較通行的歐洲文字，那才有一點指望。

說出來一定要給人罵作「擦鞋」，但當今之世以中文創作出來的文學作品，還有誰人的作品可與金庸小說比擬呢？在渴求諾貝爾文學獎的熱心人士手上的作家名單，老一輩的多是早已擱下創作之筆，已有數十年甚至半個世紀沒有創作，新一輩的在「質」與「量」，以及影響力等方面仍覺單薄；而且左派作家破舊而不立新，一力揭露和渲染東方世界的陰暗面，未嘗有試圖發揚東方文化的精粹。

近數十年來，推介和表揚中國傳統文化與人情最力的作家，我以為還應首推金庸。可是譯金庸之難卻是難於上青天！

反正金庸不會獲得提名，更決不會得獎，不如將此事擻下不談，專心討論翻譯金庸小說的難題。

我不通外文，只曾學過一點兒英語，要譯金庸小說自問沒有這份能耐，不過有時想想將金庸小說譯成英文的種種難處，倒是十分有趣。我自己讀英文書不多，而且以自然科學為主，總覺得譯科技文章較易，社會科學次之。而除非完全不涉及「文化的深層結構」，否則譯人文科學一定最難。其中詩詞一類的韻文和牽涉哲學文字更甚。

近人林紓先生曾譯歐美名著百多種，對清末民初的學界有一定的影響，林先生不通外語，與其說是翻譯，不如說是改寫。先是由他人口述內容，而林先生再以古文重寫。唸中學時國文老師曾說林譯常有「拂袖而去」一語，弄成笑話，蓋按諸歐美風俗，近代男裝實在無袖可拂。

前人論翻釋，又有所謂「信、雅、達」之說。重點所在亦不外乎「忠於原著」、「修辭洽當」與「傳意準繩」幾項。

看電視的英語節目，有時覺得中文字幕做得十分馬虎，時有幕上人已交換了幾次對白，字幕還是紋風不動。左刪右削就不如不譯，偷工減料自是因為譯者根本未有完全明白要譯的資料。幾年前我一位教翻譯的朋友說及見到電視節目的中文字幕將（Capital punishment）譯作「資本處罰」，朋友言罷哈哈大笑。現在本地電視台在配有中文字幕的英語節目完結時，都打出譯者名字，已為成例，文責自負，安排甚為合理。

林紓先生的譯法對於介紹西方文學與風俗，在當時起了很大的作用，今時今日恐不足為訓。如為向外國人推介而翻譯中國文學，更應該忠於原著。

翻譯金庸小說理應忠於原著一字一句老老實實的翻譯，不能「扮戲文」。如周伯通與郭靖拜把子，郭靖原非出於自願，一時弄錯了稱呼，周伯通立時反應：

> 周伯通笑道：「這稱呼是萬萬弄錯不得的。若是你我假扮戲文，那麼你叫我娘子也好，媽媽也好，女兒也好，更是錯不得一點。」
>
> 《射鵰英雄傳》第十六回〈九陰真經〉

如果大段大段的刪削，「扮戲文」的話，那也不必叫「翻譯」，胡亂的叫「改編」也好，叫「修訂」也好。

潘國森曰：「咄！誰人豬油蒙了心！連金庸小說也敢『改編、修訂』！」

翻譯委員會

據說金庸早年曾托請翁倩玉小姐的令尊物色日本作家以日文翻譯他的小說，蔡瀾、岳華兩位先生亦曾有此意（事見倪匡《三看金庸小說》），後來似乎都是不了了之。沈西城先生又曾託一位日本教授去譯，亦無法譯得成（見《諸子百家看金庸》第二輯）。我以為如此舉措在策略上就已犯了無可彌補的致命大錯，通常翻譯小說、文章、專門書籍都是一人唱獨腳戲，間中亦有二三人合譯，可是譯全套金庸小說必須成立一個委員會，十人八人不為多，會商參詳，或可成事。譯金庸之難，並非僅僅「中文根底好」再加精通一門外文即可。

據說金庸小說譯為印尼文字，在彼邦甚為風行（可參考廖建裕君〈金庸的武俠小說在印尼〉，收錄在《諸子百家看金庸》第四輯），是譯成怎樣，就算給我看也看不懂，只好不予置評。

以我自己粗略的估計，如單單以一人之力（負責抄寫謄錄的「筆帖式」不計）用英文翻譯三十六大冊的金庸小說，由這個人二十來歲左右讀完翻譯導論之後算起，如果能用四五十年時間譯竣，那就相當的了不起了。譯之前最好先到歐美住上幾年，真真正正的接觸一下英語世界的生活習慣與風土人情。用一年半載先精讀金庸小說兩次，再下二十年苦功讀書，做點資料搜集，探求小說中包羅萬象的資料來歷所在，再用二十年光陰翻譯，才算是差不多。這兩個曠日持久的步驟，如落在天資特高的奇才手上，或許每步用十多年即可，又假如此人出身於書香門第，自少就薰浸在經史百家之中，或可省下十多年讀書的時光。總之，若然將此人自出娘胎就訓練他翻譯金庸小說，其他事情都不必管，五十歲之前能夠譯成，兼且留保留原著八成的神韻，那麼就可以算是十分成功了。

就算由金庸自己來翻譯，即使日常工作量與寫的時候相若，恐怕也要用上二十年。要知譯不比作，十多年作成三十六大冊，自譯也一定要花更多的時間。

何解？金庸小說裏面有許多資料是抄來的，在經史中抄，在佛道兩家典藉中抄，在前人詩詞中抄……等等，作者對自己所抄的可能全都了然於胸，也可能有一小部份只是一知半解。但譯者，一個態度認真而不是「扮戲文」的譯者，就一定要明白全部的資料，所以就要先讀書，受今天港式常規教育之人，不狠狠的讀他一二十年，又怎能盡知書中一詞一句的來歷，怎能下筆？

有時明知作者因疏忽而犯了小錯，但你若讀書不多，終究是無可奈何，比如逍遙派的「天山六陽掌」中有一招不知該是「陽歌天鈞」，還是「陽歌天鈎」。我就自問沒有考證的本事了，一字之微也不可小覷！

「譯委會」必定要請查先生當顧問。

補記：

金庸小說英譯的成績，到了二〇一九年的今天，仍然未見有「靠譜」的作品。日譯本則有岡崎由美教授交出來許多功課作業。

徵得香港名作家古德明先生同意，將他談論《鹿鼎記》英譯的幾篇短文，附錄在拙著《金庸與我──雙向亦師亦友全紀錄》。德明兄曾任《明報月刊》總編輯，我說「小查詩人」還是不大會用人，《金庸作品集》英譯的最佳人選曾在就近，刷身而過，惜哉！

國森記

二〇一九

韻文

先說韻文吧，有時見到一些介紹學術研討會議的文章，說道有人將唐詩英譯，大受與會的外國人歡迎云云。我總覺得這一類的報道不甚靠得住，拿格律詩譯成英文，恐怕神韻盡失，字數與韻腳定必走樣，頸聯、腹聯勢必面目全非。詩貴乎蘊藉，字面是一境，內涵可能卻是另一境，要不要兼收並蓄呢？再加上喻意深遠的典故，翻譯起來就難上加難了。

一九七七年龍飛立君著有《劍氣簫心梁羽生》一文，除了論梁羽生小說之外，亦介紹梁先生少年時二三事。文中提及一位致力研究港台新派武俠小說的英國女作家，譯了梁羽生在《龍鳳寶釵緣》的一花首《蝶戀花》，在一本英文季刊發表。當中將「俠骨柔情，要向伊人吐」兩句譯成：

My strength and love are those of a true Hsia
And I have words of true love to whisper to my lady.

這兩句譯作錯得非常厲害，譯者竟然還是把武俠小說介紹給歐美人士的先驅，那麼老外讀中國武俠小說，當真是霧裏看花了。

原作是「俠骨柔情」而不是「俠骨俠情」，況且骨又不同「力量」，漢語中時常風骨並稱，如「風骨稜稜」即是。我個人粗淺的理解是藏諸內的是「骨」，顯於外的是「風」。骨是質、是體，風是氣、是用。此處骨可或譯作（character）。至於「俠」是音譯還是意譯好呢？

翻譯原本牽涉文化與風俗的差異，近年翻譯界比以前更著重這個課題，嚴謹的譯作一般都附有一大堆註腳，以利讀者。如果不「扮戲文」，即使譯「俠」作（Hsia），還得要想想這註腳怎寫。在歐美歷史裏中古時的武士制度（chivalry）和騎士（knight）可作參考。俠骨似可譯作（chivalrous conduct）或（chivalrous character）。然而騎士如圓桌武士之屬多是貴族階層，是「剝削階級」。「俠」的社會地位低得多，類多「無產階級」。《韓非子》：「俠以武犯禁。」有如小時候讀簡本《劫後英雄傳》中的（outlaws）。如漢郭解以任俠賈禍，遭受族誅。「俠」又屬陽剛一路，比較硬繃繃，故此「俠骨」必須配以「柔情」，（tender love）庶幾近矣。

（whisper）是耳語、是私語、是喁喁細語。即「七月七日長生殿，夜半無人私語時。」的一類，如果一個男子可以向伊人（whisper），雙方的關係和感情定然非比尋常，在歐西社會之中，化外之民而有如斯行逕或許是司空見慣，可不合漢族風土民情，更恐非「俠義道」所當為。「吐」是「豁出去的」，是一無保留的傾吐肺腑，光明正大，無矯揉造作；遠非花前月下的甜言蜜語可比。「吐」近於（pour out），棄此不用，或許是這位女作家本身過於鍾愛「羅曼蒂克」的情調和氣氛罷。

上引的譯作，區區的九個字，已多有可斟酌處，恐怕是譯者的中文水平所限。近日偶翻手頭上一本十分權威的工具書，當中一篇介紹中國文學的文章，作者是美國某大學的華裔中國文史教授，他選譯了《國風》之始《關雎》的頭四句：

「關關雎鳩，在河之洲。窈窕淑女，君子好逑。」

"Kuan kuan" cry the ospreys,
On the islet in the river.
Lovely is the good lady,
Fit bride for our load.

為了證明我做過一點資料搜集，不是信口開河，即管抄抄無關痛癢的東西。雎鳩即是鶚，俗稱魚鷹（Fish hawk），學名是（Pandion haliaetus），譯者倒不是亂來的。

倪匡先生的《三看金庸小說》論及一位 Robin Wu 先生譯的《雪山飛狐》，將雁（wild goose）當作燕（swallow），並謂即使沒有譯錯，通曉中文的讀者由「雁」所引起的聯想，如雁與箭的關係等等都難以傳達。倪先生這個見解十分精到，要知文學作品中的一草一木，一禽一獸都可能有特別的喻意，在不同的文化體系之下，極可能有截然不同的理解。比如說簡簡單單的一條牛，西方人認為公牛（bull），代表雄壯以及衝刺力。猶太人因為崇拜牛犢而吃過不少苦頭，《舊約全書．出埃及記》有記載。但牛在中國社會地位甚低，牛是用來耕田和當犧牲的，是祭祀的用品，卻不是受祭祀的對象。讀過點《易》的人都知道，「乾」代表雄健，於動物為馬，「坤」代表柔順，於動物為牛。同是一牛，在此為柔，在彼為剛，東西方文化差異之深，於此可見一斑。存在的動物如是，傳說中的動物更然，四靈之中麟、鳳與龍都有通用的譯法，但麟與「獨角飛馬」（unicron），鳳與「浴火神鳥」（pheonix），與及龍與「噴火惡獸」（dragon）三對都是大相逕庭的物種。由翻譯金庸小說而引起的聯想，不是十分有趣嗎？

言歸正傳，回到那四句《關雎》，先說洲，「水中可居者曰洲」，（islet）是小島，卻沒有一定的包含可居之意。因其可以居人，才有「窈窕淑女」來到看雎鳩，如果在「河口上人跡不至的小荒島」忽見一女，意境是大不相同的。

第三句的（lovely）是可愛，（good lady）是好女，太也平凡。而且美貌的不一定可愛，可愛的也不一定美貌。「窈窕」是指幽閒與美貌，女子而意態幽閒必然可愛，譯作（serene and charming）似較妥當。

第四句原本譯得最好，但是「君子」是一個多義詞，與「小人」相對。第一種含義是從德行劃分，即所謂「德勝才為君子，才勝德為小人」。第二種含義是以地位劃分，統治者為君子，被統治者為小人；主人是君子，僕人是小人。將君子譯作（lord）沒有錯，至少比（gentleman）更佳，但原作沒有點明君子是那一種意義，而「魚與熊掌，不可得兼」，不論譯作（a man of moral integrity）還是（lord）都有欠缺。

翻譯《詩・關睢》又與翻譯金庸有何關係呢？有的，《射鵰英雄傳》寫郭靖黃蓉初遇洪七公時，煮了一味「好逑湯」，不過黃蓉或許一時間難得魚鷹，以斑鳩充數（見第十二回亢龍有悔〉）。

補記：

睢鳩的「睢」，從且，粵讀若「zeoi1（追）」，漢語拼音為「jū」。

睢陽的「睢」，從目，粵讀若「seoi1（衰）」，漢語拼音為「suī」。

寫《總論金庸》時，不知兩字的分別，以為《正氣歌》的「為張睢陽齒」那個地名「睢陽」為「睢陽」，一錯就錯了幾十年！

國森記

二〇一九

儒家、易家

儒家是中國學術思想的主流，孔孟學說對西方學人來說，並不完全陌生。金庸小說中引用的儒家典籍，大多已有英譯，可作參考。《易》為群經之首，易學在兩漢與五行學說合流，「陰陽五行」之學在金庸小說的武打設計有舉足輕重的地位。

例如丐幫的「降龍十八掌」就取材於《周易》的「龍」，中國人對龍的概念十分駁雜，龍是四靈之末，非四靈之首。麟是百獸之王，是仁獸，近人有認為麟即是麋；鳳是百鳥之王，可能是孔雀之類；龜是百甲之王；龍是百蟲之王，近人有認為龍即是鱷。龍可說是海陸空三棲，龍「能隱能現」，「能大能小」，「大即興雲吐霧，小則隱介藏形」，恐怕只好在音譯以外，再加註解。解決了龍的譯法，才好去處理「降龍十八掌」。

幾十年前就已有人將《周易》譯為英文，西方稱之為（Book of change）或（I Ching），通行的英譯都偏近於「宋易」義理之學，於「漢易」象數之學不甚重視。幸而金庸小說但用卦名，較少取材易象，否則更難翻譯。可是《周易》六十四卦之中，單單每個卦名都有多種含意，卦名已難攪，再以諧音開玩笑，更不能譯。

如《天龍八部》寫崔百泉碰上逍遙子與李秋水設計凌波微步，到了崔百泉的耳中，「歸妹」

變成龜妹；「无妄」變成武王；「大過」變成大哥；「既濟」變成姊姊。我讀《天龍八部》之時剛巧開始學易，那時不知有「漢」、不知有「宋」，如在黑暗中摸索，讀至此處忍俊不禁，險些噴茶。崔百泉聽不懂卦名，破口大罵：

……那女子細聲細氣的道：「從這裏到姊姊家，共有九步，那是走不到的。」我又喝道：「走走走！走到你姥姥家，見你們的十八代祖宗去罷！」正要舉步上前，那男的忽然雙手一拍，大笑道：「妙極，妙極！姥姥為坤，十八代祖宗，喂，二九一十八，該轉坤位。這一步可想通了！」……

《天龍八部》第九回〈換巢鸞鳳〉

九是老陽之數，陽爻動而變陰；「後天洛書八卦」配數以二為坤；二九一十八，轉到坤位。

那真是妙筆生花了！

卦名難譯，人名、外號、招數名同樣難譯。

先說人名，隨便拿《倚天屠龍記》吧，「崑崙三聖，何足道哉？」，還有他的後人何太沖，絃外之音頗見佳趣。又如「眺翠山岱巖，遊松溪聲谷，過遠橋梨亭，駕一葉蓮舟」，活脫是一幅山水畫。最高雅的還有金毛獅王，姓謝名遜，表字退思。既「謝」且「遜」，還要「退思」，真是謙謙君子。用音譯太過可惜，不用音譯又無從入手。恐怕只好「可惜」、「可惜」再「可惜」，不斷的「可惜」了。

而外號如《天龍八部》的四大惡人，「惡貫滿盈」、「無惡不作」、「兇神惡煞」、「窮兇極惡」，將一「惡」字嵌在不同位置，怎辦？

金庸小說中的招數名稱多如牛毛，經史子集都有，要譯就等於編譯一部《漢英成語大詞典》，一人之力挑此重擔，不是重了些嗎？

釋家

再說釋家，金庸小說中講佛經的情節甚多，若然負責任的譯，當然要連帶小說中徵引的經文一起譯。

如《書劍恩仇錄》中，陳家洛到福建莆田少林寺追尋義父于萬亭的身世，方丈天虹就跟他講《百喻經》。《倚天屠龍記》又有覺遠背經，作者還沒有指明出處，倒有一點為難；後來張無忌第三次與少林高僧交手時心魔大盛，謝遜誦《金剛經》為他解除心魔。《天龍八部》虛竹在冰窖中背《入道四行經》以抵抗天山童姥的折磨、無名僧在少林後山的草坪對各寺住持、少林高僧說法等等，不可勝數。如要譯，應先有通盤計劃，不能見一步行一步。如果連出處都未攪清，就要大海撈針，想想也覺得心寒。

首先要確定方向，對佛經中的種種名相是譯音還是譯意。《鹿鼎記》寫韋小寶在少林出家，因調戲與拘禁阿珂，惹來麻煩。蒙古葛爾丹王子等人大興問罪之師，一言不合向韋小寶動粗，方丈晦聰以「破納功」的絕技將葛爾丹撞回椅上，而韋小寶武功低微，不知所措，正是「迅雷不及掩耳」，旁人卻以為他定力高。老和尚澄觀更大讚他的晦明師叔「無我相，無人相，無壽者相」，「他日自必得證阿耨多羅三藐三菩提」。讀者如果不知何謂「阿耨多羅三藐三菩提」，只能從字裏行間估到這一定是學佛學到了一個極高明的境界；如果接觸過一點佛學就知道澄觀老和尚對他的晦明師叔是佩服到甚麼的境地。要譯成英文就一定要讓懂得佛學的人看得明；不讀佛經的就由得他瞎猜好了。

這些佛教的名相一般用梵文羅馬對音作譯音，這阿耨多羅三藐三菩提的對音是（anuttara samyaksambodhi）。「阿耨多羅」的意譯是「無上士」，也佛陀的稱號「三藐三菩提」的意譯是「正等覺」，合起來意作「無上正等正覺」。簡而言之就等於成佛。

又如「三昧」（samadhi）的意譯或可作（continuous concentration in dhyana）。（dhyana）

是「禪定」，屬梵漢合璧的譯法，就如劍橋（Cambridge）一般。禪定或可譯作（meditation冥想），但是中國人見一「禪」字，會聯想到佛教的禪宗；歐西人見「冥想」就可能會想到印度的「瑜珈術」。

「色」（rupa）是指肉身，可譯作（body）或（fresh and blood）。但是今天許多自稱「學佛」之人也不知「色」的意義。又有些概念是意譯不能盡傳其意的，故唐代法師玄奘有五不翻之例，譯音譯意大抵以此為準。如「般若」（prajua）不譯作「智慧」（wisdom）；涅槃（nirvana）不譯作「熄滅」（extinguishing）等等。如果馬馬虎虎，不怕落地獄的話，如上譯法或可充數。

最麻煩的還是「空」（sunyata），決不能當做（Emptiness）。

要譯這些名詞，一定要參考現存的英譯，必須投入大量精力。我未曾讀過英文佛經，但從佛教的角度來說，翻譯佛經是極大的功德，而一知半解的胡亂翻譯卻是很大的罪過，故此不能馬虎，而最重要的是我原本無意真正的翻譯金庸小說，故此也就不敢再多想了。

「譯委會」中還得要恭請一位佛門大德呢！

道家

再說道家，《射鵰英雄傳》與《神鵰俠侶》牽涉有南宋全真教的人和事。

如梅超風在蒙古修練《九陰真經》，套問馬鈺道家術語的含義（見第六回〈崖頂疑陣〉）。梅超風問何謂「鉛汞謹收藏」，馬鈺答道：「鉛體沉墜，以比腎水；汞性流動，而擬心火」。作者又有清楚解說，問題不大。

在金國趙王府中梅超風又問郭靖「五氣朝元」與「三花聚頂」的意義（見第十一回〈長春服輸〉）。前者是「眼不視而魂在肝，耳不聞而精在腎，舌不吟而神在心，鼻不香而魄在肺，四肢不動而意在脾。」後者則是「精化為氣，氣化為神，神化為虛。」怎譯？

道家的「內丹」修練理論與醫家的「經絡腑臟」學說有相通相近之處，二者又復與「陰陽五行」學說相關。近代通例將（kidney）譯作腎，（spleen）譯作脾。中醫的「腎」並不完全等同於（kidney），這是眾所周知的；但傳統醫家不知道人體有（spleen）一事，則未必是人人皆知。及至西方解剖學傳入中國，前人就將（spleen）譯作「脾」，於是到中醫西傳時「脾」又被譯作（spleen）。中醫認為「脾主健運」，「脾」實為整個消化系統的協調和運作，並無實質所在。「脾」與（spleen）大相逕庭，我們現在就只好一如其舊。外國人可能會感到奇怪的是中醫為何會如此重視（spleen），還說（spleen）調控人的消化系統呢！

腑者，府也。臟者，藏也。傳統醫家認為五藏各有所藏：「心藏神，肝藏魂，脾藏意，肺藏魄，腎藏志。」除了「心藏神」是比較重要之外，其他四項似乎是為了湊數，這是我個人粗淺的理解。此外又常將精血並稱；血氣並稱；精氣神又並稱。醫家又有「腎藏精，肝藏血」、與及「男重精，女重血」等說，《三國演義》有一回「夏侯惇拔矢啖睛」，夏侯惇以人身由「父精母血」生成，就生吞了自己的眼睛。由於針灸術傳到西方，西方人對「氣」較有認識，舊譯（vital force），亦有音譯為（chi）。精、氣、神又是中國面相學上的常用術語，要知「醫卜星相」皆易學旁枝，醫家的「望診」、「聞診」都與相人之術大有關連。

血是有形有質，氣泛指人身機能。除此之外，現在我們面對六個意義略有相近的字：「精、神、魂、魄、意、志。」中文的複詞變化多端，單字是一義，複詞又是另一義，上文的六個單字可以合成為神志、精神、意志、魂魄等詞。我想「複詞」比「單字」易譯，因為前者意義比較明確，處理後者就要做點「功課」。如果要譯一段短文，同時遇上前述幾個單字的機會不大，但金庸小說修辭精練，這種情況還有很多。

精、神、意、志大概可在常用字如（spirit），（mind），（consciousness），（will），

（vigour）之中選擇。當然有形質的「精」就必須譯作（sperm）或（semen）。

剩下來要解決的是魂和魄，二者都是精靈（又多了一個「靈」字！）道家就有所謂三魂七魄之說。再嚴格劃分，則魂是可以離開形體而存在；而魄則要依附在形體方能存在。月之光為魂，月之質為魄。《禮記・郊特牲》：「魂氣歸于天，形魄歸于地。」

滅絕師太對門人講述明教失去聖火令時說是「天奪其魄」（見《倚天屠龍記》第十七回〈青翼出沒一笑颺〉）；梁羽生有一部短篇名為《冰魄寒光劍》；古龍《流星・蝴蝶・劍》中的「流星」就是主角孟星魂；故此「翻譯委員會」裏面至少要有一位文字學家。

「虛」字的字面義，大概可以譯作（void）或（emptiness）。但「神化為虛」是道家修練的境界。《莊子・人間世》：「虛者，心齋也。」「虛」又可解作天空，「神遊太虛」亦為道家語，今天多用作諷刺他人心不在焉，如在夢中。

到了《神鵰俠侶》，楊過赴終南山重陽宮學武，背全真教的玄功口訣《全真大道歌》。當中有「精氣充盈功行具，靈光照耀滿神京。」（見《神鵰俠侶》第四回〈全真門下〉），「歷年塵垢揩磨盡，偏體靈明耀太虛。」，似還可以照字面譯，反正譯者不明、讀者大都不明，也顧不得這許多了。

還有「泥丸」，和「十二重樓」（見《神鵰俠侶》第六回〈玉女心經〉）。「泥丸」即是腦，但令人聯想到道教內丹家的「還精入腦」，「十二重樓」總不能譯做（twelve-storeys building）吧！

試想金庸只是信手拈來道家的幾個名詞、幾句歌訣，已教「不扮戲文」的譯者（如果還有誰有此膽量）頭大如斗了。

「譯委會」要不要請一位修真之士呢？

醫家

好戲還在後頭，金庸小說中的武打場面常有點穴的功夫，人身有幾多個穴道呢？由五臟所藏又帶出五個穴道：「魄戶，神堂，魂門，意舍，志室。」不知金庸是否如胡青牛、張無忌師徒一般的精通針灸，或許在寫作之時，攤開一張「針灸穴道圖」，一邊做「武術指導」，一邊選取穴道。抄易譯難，叫作者自譯亦然。這裏「門」、「戶」、「堂」、「舍」、「室」意義都是大同小異，還有沒有其他呢？我可以保證是「沒完沒了」！

至少還有「靈臺」，「地倉」，「風府」，「庫房」，「紫宮」等等。門戶堂舍不是差不多嗎？能否取巧？

我看也不容易，就說「神」罷，除了「神堂」，還有：「神闕」，「神庭」，「神道」，「神藏」，「神府」，「神封」。

精神魂魄意志靈虛；宮闕室房堂舍門戶庭臺府倉；只不過是翻譯金庸小說碰上的一兩個「小」難題而已。用一人之力去譯，還未譯完半部長篇，恐怕已要上吊了！

「譯委會」是否要有一位精通古醫經和醫學史的大國手呢？

其實大可不必，譯者無需驚慌。我提到翻譯穴道名稱不過是「危言聳聽」，跟認為金庸小說容易翻譯的論者開個玩笑而已。針灸術傳到西方，紅鬚綠眼的老外也懂得「認穴」，問題早已解決了。但是解決方法說來令人啼笑皆非，原來針灸界早有定例，卻是連音譯也欠奉，所有穴道都用編號代表。

例如手指頭的六個穴道編號如下：少商是肺經第十一穴（LU 11），商陽是大腸經第一穴（CO 1），中衝是心包經第九穴（HG 9），關衝是三焦經第一穴（TH 1），少衝是心經第九穴（HT9），少澤是小腸經第一穴（SI1）。

如此編號，用在針灸則可，以之譯「六脈神劍」可不是煮鶴焚琴嗎？

中藥名又怎辦？手頭上有一部中藥詞典不就行了麼？通常可以，但遇上有隱喻的就不成了。

如胡青牛開給張無忌的藥方：

胡青牛頓了一頓，道：「我開張救命的藥方給你，用當歸、遠志、生地、獨活、防風五味藥，二更時以穿山甲為引，急服。」

《倚天屠龍記》第十二回〈針其膏兮藥其肓〉

原來五味藥和穿山甲都是要暗示張無忌遠走避禍，那又從何譯起？

至於書、畫、酒、食、琴、棋涉及深層文化結構，就不一一舉例了。

補記：

為了陳世驤教授「博奕醫術」一語，筆者修讀了中醫的「臨床前」理論課程，後來因為事情多，沒有繼續進修成為中醫。不過這樣的經歷，對於學習中國傳統的陰陽五行學說，還是很有幫助。

國森記

二〇一九

後記一

自從一九九〇年起，我開始用中文電腦寫作。這個做法的優點是可以將文稿隨意更改和編排，甚至在這一章寫幾句，那一段又寫幾句；壞處自然是寫得極慢。除此之外，就是字體的問題，我現在用的「軟件」中，許多異體字都沒有配備齊全，碰上《金庸作品集》中的一些異體字，就只好用當中的正體字暫代，因為「寫」到中途時才「造字」會打亂文思。到稿成之後想改，又覺得好像大海撈針，太過麻煩，於是決定不改。故此令狐冲的「冲」從三點水旁，不同集中從兩點旁，風二中就要變成「風三中」了。

本書第一、二兩章的部份段落早在一九八五年已寫成，這些年來有了一些新體會，但總的來說，主要的觀點並沒有太大的改變。而第三、四、五各章全都是在九三年才寫的，因為感到若要對金庸小說作一總論時，這些題目是必須要有的。至於當年剩下來的其他未完稿就只有留作日後之用了。

補記：

現在增訂本重刊，可以回復「令狐冲」的本名！

國森記

二〇一九

後記二

陳世驤先生評金庸小說為：「意境有而復能深且高大，則惟須讀者自身之才學修養，始能隨而見之。」對於這個論點，我向來是心悦誠服。可是人總難免有一點惰性，面對一些不大明白的事情，往往未做足研究調查就亂發議論，這正正是白面書生的通病。

在比較金梁二人的文筆時，誤以為書中的《九陽真經》全是作者杜撰，卻原來那些內容都是大有來歷，實為太極拳的拳訣。世傳太極拳是張三丰所創，書中的覺遠又是張三丰的業師，金庸借來太極拳的拳訣就顯得饒有深意。

我是個手無縛雞之力的文弱書生，讀武俠小說用功甚勤，卻從來沒有想過會接觸真正的武術。今年初機緣巧合，得以見識到太極拳高手譚耀師父的神技。譚師父在中文大學向校內教職員及學生教授太極拳，我因為好朋友陳永誠先生的介紹，得以忝陪末席。

太拳極是道家思想的產物。同是陽陰學說，儒家貴陽賤陰，道家卻貴陰賤陽，二者相反相成，互為表裏。幾個月下來，拳法還是十分生疏，卻令我對於陰陽學說有了許多新的體會。再回頭去讀金庸小說中關於太極拳的描寫，方才知道作者竟是深得個中三昧，或者說至少是做過充足的研究調查。

如《飛狐外傳》寫趙半山向胡斐傳授亂環陰陽二訣（見第四回〈鐵廳烈火〉）：

「亂環術法最難通，上下隨合妙無窮。陷敵深入亂環內，四兩能撥千斤動。手腳齊進豎找橫，掌中亂環落不空。欲知環中法何在，發落點對即成功。」

「本門太極功夫，出手招招成環。所謂亂環，便是說拳招雖有定型，變化卻存乎其人。手法雖均成環，卻有高低、進退、出入、攻守之別。圈有大圈、小圈、平圈、立圈、斜圈、正圈、有形圈及無形圈之別。臨敵之際，須得以大克小、以正克斜、以無形克有形，每一招發出，均須暗蓄環勁。」

「我以環形之力，推得敵人進我無形圈內，那時欲其左則左，欲其右則右。然後以四兩微力，撥動敵方千斤。務須以我豎力，擊敵橫側。太極拳勝負之數，在於找對發點，擊準落點。」

「口訣只是幾句話，這斜圈無形圈使得對不對，發點與落點準不準，可是畢生的功力。」

「太極陰陽少人修，吞吐開合問剛柔。正隅收放任君走，動靜變裏何須愁？生剋二法隨著用，閃進全在動中求。輕重虛實怎的是？重裏現輕勿稍留。」

「萬物都分陰陽。拳法中的陰陽包含正反、軟硬、剛柔、伸屈、上下、左右、前後等等。伸是陽，屈是陰；上是陽，下是陰。散手以吞法爲先，用剛勁進擊，如蛇吸食；合手以吐法爲先，用柔勁陷入，似牛吐草。均須冷、急、快、脆。至於正，那是四個正面，隅是四角。臨敵之際，務須以我之正衝敵之隅。倘若正對正，那便冲撞，便是以硬力拚硬力。若是年幼力弱，功力不及對手，定然吃虧。」

「若是角衝角，拳法上叫作：『輕對輕，全落空』。必須以我之重，擊敵之輕；以我之輕，避敵之重。再說到『閃進』二字，當閃避敵方進招之時，也須同時反攻，這是守中有攻；而自己攻擊之時，也須同時閃避敵方進招，這是攻中有守，此所謂『逢閃必進，逢進必閃』。拳訣中言道：『何謂打？何謂顧？打即顧，顧即打，發手便是。何謂閃？何謂進？進即閃，閃即進，不必遠求。』若是攻守有別，那便不是上乘的武功。」

「武功中的勁力千變萬化，但大別祇有三般勁，即輕、重、空。用重不如用輕，用輕不如用空。拳訣言道：『雙重行不通，單重倒成功』。雙重是力與力爭，我欲去，你欲來，結果大力制小力。單重卻是以我小力，擊敵無力之處，那便能一發成功。要使敵人的大力處處落空，我內力雖小，卻能勝敵，這才算是武學高手。」

金庸小說中的武功描寫，受太極拳的影響還真不少，如《碧血劍》寫袁承志以華山派「破玉拳」的「起手式」打倒師姪劉培生，恐怕就受到了太極拳的啟發：

> 袁承志道：「你以為起手式只是客套禮數，臨敵時無用的麼？要知咱們祖師爺創下這套拳來，沒一招不能克敵制勝。……」
>
> 《碧血劍》第九回〈雙姝拚巨賭　一使解深怨〉

事實上太極拳的第一式「太極起式」也真的有幾種用法。

《飛狐外傳》中寫趙半山以「白鶴亮翅」的「前半招」化解陳禹的拳勁，再以「攬雀尾」的「前半招」反攻，基本上也能描述太極拳的神髓。但是以譚師父的神技，每一招都有許多用法，單就太極拳中人所共知的一式「單鞭」而言就至少有六、七種用法，絕非前半招和後半招之分那麼簡單。

近十多年來，我一直鑽研金庸小說裏面武打場面和武打理論背後的哲學，自覺頗有一些心得，卻原來還都是紙上談兵的居多。

《射雕英雄傳》寫周伯通被黃藥師幽禁在桃花島，十多年洞中獨居後悟出了「心分二用，雙手互搏」的奇妙武功。原來在太極拳中，經常要「心分二用」。例如一招「扇通背」，一方面要右手向上提，而左手卻向外揚。

拳訣中所謂「虛靈頂勁，涵胸拔背，鬆腰垂臀，沉肩墜肘」是人所共知。原來在臨敵之際，每每要同時施行，方能致用。例如「涵胸拔背頂頭」與「鬆腰胯墜肘」同時發動，「涵胸拔背頂頭」是要上半身向上提；而「鬆腰胯」則是下盤放鬆向下；都是要講求「心分二用」。趙半山所講「發點與落點」準繩，都是要靠「心分二用」。

至於金庸寫獨孤求敗武術上的不同境界，又與太極拳的拳理甚合「筍頭」，若乎中節。如「重劍無鋒，大巧不工」一境，有如太極拳重點中的一個「鬆」字，拳打得爛熟，關節肌肉練得鬆，舉手投足之間即可有千斤之重，令敵人莫可與京。

又如「無招勝有招」一境，臨敵時只是「手向前領」就能打發敵人，跟本不必深究這個手法是「單鞭」裏的動作還是屬於「摟膝拗步」。

以上種種都是我見識過太極拳的精髓之後方才略知一二。

潘國森甲戌仲春

補記：

金庸小說入面涉及太極拳的論述，在《武論金庸》會有更多介紹。

國森記

二〇一九

心一堂 金庸學研究叢書

《金庸武俠史記〈射鵰編〉三版變遷全紀錄》　王怡仁
《金庸武俠史記〈神鵰編〉三版變遷全紀錄》　王怡仁
《金庸武俠史記〈倚天編〉三版變遷全紀錄》　王怡仁
《金庸武俠史記〈天龍編〉三版變遷全紀錄》　王怡仁
《金庸武俠史記〈笑傲編〉三版變遷全紀錄》　王怡仁
《金庸武俠史記〈鹿鼎編〉三版變遷全紀錄》　王怡仁
《金庸群俠身心靈診療室——蝴蝶谷半仙給俠士俠女的七十七張身心靈處方箋》　王怡仁
《金庸武俠史記〈書劍編〉〈碧血編〉——探尋金庸的修訂心路》　辛先軍
《金庸武俠史記〈白・雪・飛・鴛・越・俠・連〉編——探尋金庸的修訂心路》　辛先軍
《金庸商管學——武俠商道（一）基礎篇》　歐懷琳
《金庸商管學——武俠商道（二）成道篇》　歐懷琳
《金庸小說中的佛理》　鄺萬禾

《金庸雅集——武學篇》　寒柏、愚夫

《金庸雅集——愛情篇影視篇》　寒柏、鄺萬禾、潘國森、許德成

《金庸與我——雙向亦師亦友全紀錄》　潘國森

《金庸命格淺析——斗數子平合參初探》　潘國森

《金庸詩詞學之一：雙劍聯回目　附各中短篇詩詞巡禮》　潘國森

《金庸詩詞學之二：倚天屠龍詩　附射鵰三部曲詩詞巡禮》　潘國森

《金庸詩詞學之三：天龍八部詞　附天龍笑傲詩詞巡禮》　潘國森

《金庸詩詞學之四：鹿鼎回目　附一門七進士叔姪五翰林》　潘國森

《話說金庸》（增訂版）　潘國森

《總論金庸》（增訂版）　潘國森

《武論金庸》（增訂版）　潘國森

《雜論金庸》（增訂版）　潘國森

《金庸自個兒的江湖》（足本增訂版）　蔣連根

《金庸和他的家人們》（足本增訂版）　蔣連根